hans söllner · bloß a gschicht

hans söllner

bloß a gschicht

Übersetzt von Franz Dobler

Nur erhältlich auf Hans Söllner-Konzerten
und beim Trikont-Verlag
Postfach 90 10 55 81510 München Fax: 089/6927204
trikont@trikont.de www.trikont.de

Lektorat: Eva Mair-Holmes
Übersetzung ins Hochdeutsche:
Franz Dobler, Schriftsteller, Journalist, DJ und Herausgeber der Trikont-CD-Reihe „Wo ist zuhause Mama“.
An Büchern sind u.a. bisher erschienen:
„Tollwut“, 1991 im Nautilus-Verlag in Hamburg
„Sterne und Strassen“, 2004 im Tiamat-Verlag, Berlin.
„The Beast in Me – Johny Cash und die seltsame und schöne Welt der Countrymusik“, 2002 im Kunstmann-Verlag, München.

Originalausgabe

2. Auflage März 2005
Printed in Germany – ISBN 3-89898-335-8

Umschlagkonzept und Grafik: Hias Schaschko, München, echtko@schaschko.de
Foto: Helmut Schöndorfer
Gestaltung und Satz: Maro, Augsburg
Druck: MaroDruck, Augsburg
Trikont-Bestellnummer: US-0335

I hob des ois langsam gschriem
drum soiad mas langsam lesn.

ÜBEROI IS KRIAG

Er is eina kemma und hod des flimman mitbrocht und a jede hod gspüat das wos ned stimmt. Acht kepf san in d häh und a jede hod gwußt wer an da reih is.

Sie is dro gwen und de andan sieme ham weida gessn und vasuacht dass eanane köpf ganz diaf in fuaddatrog einesteckan, bloß sie hod koan bissn mea obebrocht. Es war a montog, ja a montog muaß gwen sei, des hoaßt es war der dog nach dem dog an dem sa se olle eana scheens gwand oziagn und de glockn den ganzn dog leitn.

Und des flimman hod zua gnumma an dem montog.

De luft war erfüllt davo.

De andan ham weida gessn, sie olle ham gwußt es is ihr dog, ned da eana und sie is do gstandn und hod zum rean o gfangt.

De sonn is grod aufganga an dem montog und sie hod gwusst, sie wirds heid nimma untageh segn.

Sie hod oda häd des gfui ned beschreim kina, sie hod bloß imma am rand mitkriagt wia füa de andan vor iha montog worn is aba heit wars iha montog und sie war übawältigt von dem flimman in da luft.

Sie hod gwußt daß de sonn heit nimma untageh sigt und wennst des irgendwann woaßt, mei liaba, dann woaßt a daß nix mea zum dazua leana gibt. Do woaßt das dei zeit um is und wenn ihra irgend oana in d augn gschaut häd in dem moment, dann bin i ma sicha er häd aus olle scheißdog sonntog gmacht und es häd koa montog mea kemma braucha, weils jedn dog eana scheens gwand oghabt hän und olle dog häd ma de glockn leitn hean.

Aba es hod ihra koana in d augn gschaut, söibst er ned wiara de dia aufgmacht hod, ja ned amoi er hod zu ihra hi gschaut und grod weil a ned hi gschaut hod, is aus am ganz normalen dog iha montog worn.

Des flimman hod zuagnumma und is unerträglich worn wia d stoidia aufgrissn worn is und zwoa fremde eina ganga san. Stöi ma uns einfach amoi voa sie häd denga kinna, so wia mia und genau so fühln und segn.

I woaß ja ned obs des scho a moi erforscht ham wia a kua denkt, fühlt oda sigt, aba warscheinlich ned, sonst dadns doch des ois ned mit eana macha wos machan. Aba heit, iaz, do, stöi ma uns ganz kurz voa sie häd denga kina, wos häds woi denkt, ha.

I glaub sie häd se des söibe dengt wia mia, wia i, a bissl nu, a bissl nu do bleim derfa. Do wos ois kennt hod, an jedn bam, an jedn vogl, ja sogor de bleamen, des schrein von de kinda und de leit de se d mille ghoit ham jedn dog, des streichln und des krauln.

Ja sie woit einfach nu a bissl dobleim. Sie hod gfroan wos gestan nu so warm war und sie war alloa wos gestan nu koa einsamkeit gem hod.

Warum hod ihra koana in d augn gschaut und aus olle scheißdog sonntog gmacht.

Warum hamma iha des ned zu gestehn kinna daß genau so sigt wia mia.

Und dengt und fühlt.

De hintafiaß san ihra plötzlich eiknickt und a unsagbara schmerz hod ihra de tränen in d'augn druckt.

Heit war a bsondara dog füa mi, i hob meine schua kriagt. I trog meine oidn scho a nu aba de schua hod ma mei bua gmacht. Ja mei bua is schuasta woan.

I sitz unta seim bam und sig zwoaradreißg jahr üba mia in himme aufferagn. Vor zwoaradreißg johr hob i n pflanzn lassn und do war a scho fünfadreißge und zehn meta hoch. I sitz a so do das i seine briada olle im aug hob, da dastin hod a tanne und da robert a rotbuche und erinnat mia an jedn ast der dazua gwachsn is und kenn jedn quatratzentemeta rindn. Manchmoi glaube sogor das i de vegl kenn und eanane kinda.

I sitz do und schau zwoaradreißg johr zruck und da oanzige kontakt zur außnwöit san de weißn streifm am himme, de mi wissn lassn daß nu oiwei ned los ham lassn kinna. I bin iaz dreiasiebzg und seit zwoarazwanzg johr is in da gemeinde marzoll koa kind mea auf d wöid kemma und es wohnan nu segshundertöif menschn do. De heisa in dene koana mea wohnt hama zruck gem und aufgacht und mia kinnan zuaschaun wia se de natur ois zruck nimmt, stück füa stück. Vegl ham eanane nesta in wohnzimma baut und baumkronen ham se durch dächa druckt. Seit zwoarazwanzg johr is koa kind mea auf d wöit kemma bei uns und so san unsare kinda oiwei kind bliem füa uns und mia ham eana vasprocha das mia späda eanane wern, do derfan uns sie dann fuaddan und an hintan wischn und sie nemman unsane händ und führn uns üba d strass wenn ma auf an kindageburtsdog gehn von an freind. Mia ham uns dazua entschiedn das ma gehn und mia ham a entschiedn wann ma gehn.

Mein gott war des ein wahnsinn de erstn acht nein johr bis gmerkt ham das ma wirklich bloß des dorf woitn und ned de ganze wöid.

Mein gott war des ein wahnsinn.

Menschn san vafoigt, gschlogn, eigsperrt und ermordet worn weil a strass gsperrt worn is. Unsare kinda hamma nimma ausse lassn kinna aus angst das nimma hoam kemman weil se vier kilometa umweg fahrn ham miassn. Vergewaltigt hams und plündert.

Dawei woit ma bloß des dorf und ned de ganze wöid. Mia ham uns eines tages losgsogt von eich do draußt und ham uns gnumma wos uns gheat. De wöid. Ja sie gheat uns und ned eich oda eam oda iha, uns gheats und mia ham endlich ogfangt auf iha zum lem. Und mia ham nach unsare regln glebt und ned nach de eian. Mia ham koan mea ins dorf eina lassn der ned bereit war das a ois hergibt, weil a ois von uns kriagt. Nach a boor johr hods koane autos mea gem, koane fernseha, koane tosta, koane föhne und trocknhaum, de kartoffen wachsn ned schöia wenn es an am dog eisetz wo i ma de hoor gföhnt hob. Mia woitn einfach nix mea hom, mia woitn wieda amoi wos kriagn. Und mia ham ois griagt. Und mia ham unsan eigenen strom kriagt und unsa eignes wassa. Und mia ham uns entschlossn das ma uns nimma vamehrn, bis mas im griff ham und san dadurch unerpressbar worn und mutig.

Mia ham wida a gwissn kriagt und an stoiz.

Jah genau he!

I hob an vatrag gschlossn.

Ja i hob an vatrag mit eam gmacht und mia ham beide unterschriem. I in meina handschrift und er in seina. I glaub a montog wars wia i auffegstiegn bin und mein farn giaßn woit. I hob de giaßkann gnumma und bin üba de boickn im erstn stock ummegstieg und genau in dem moment wo i de giasskann mit zwoa händ nemma woit hod er unterschriem und er hod ma a watschn gem und i bin zwischn de boickan durch mim kopf voraus auf de oachane werkbank von meim opa gfoin de vier meta weida druntn gstandn is.

Im erstn moment hob i garnet gwußt wos los is bis i des bluad gsegn hob des aufn teppich tropft is und des ma warm üba de brust obaglaffa is.

Langsam is ma kemma das i doch grod nu do drom war und iaz steh i do und bliat.

Ja dann muaß i oba gfoin sei.

Er hot unterschriebm und er hod mi ganz bewußt ned sterm lassn. I hob de zwoa mikrofonstända steh segn neba mia und hobs gwußt.

De rechte hand hob i an mein hintakopf druckt und mia is bluad zwischn de finga durch grunna, a bissl schwindlig war ma und dann bin i ans teleon ganga hob mei frau ogruaffa und dann erst an kranknwogn. Hob olle dian aufgmacht, hob mi in hausgang eine glegt und hob aufn notarzt gwart. I war ganz klar im kopf und dann hob i wos segn derfa wos ned vui menschn segn derfan wenns danoch nu weida lem.

I hob in meine augn schaun derfa und i hob gsegn daß de söibm augn warn, daß soiche augn warn. I hob mi do liegn segn derfa mit dem bewußtsein daß i sterm muaß und hob genau des söibe in meine augn gsegn wos i in ihare gsegn hob. I hob des söibe gfühlt und des söibe denkt.

I woit einfach nu ned sterm.

I woit nu a bissl do bleim bei meine kinda, in unsam gartn, mit unsare bam und de vegl de ma olle kennt ham. I woit einfach ned sterm. Ned weil i angst ghabt häd davoa, na, i hob gwußt das i nu ned fertig bin und i hob gwußt i muaß nuamoi kemma. I woit einfach fertig macha und nimma kemma miaßn. Aba ganz egal wos i woit, in dem moment i hobs nimma in da hand ghabt und so hob i eam entscheidn lassn miassn wos werd aus mia.

Er häd mi sterm lassn kina und nix auf dera wöid häd se gändat. Es war ois a so weida ganga wia imma. Da regn, de sonn, winta, frühling, da wind, auf d wöid kemma und sterm. Nix häd se gändat.

Aba füa wos häd a mi dann meine augn segn lassn füa wos des bewußtsein.

Do drübm bei eam brauch i koa bewußtsein und koane augn. Na er hod mi lem lassn mit der erinnerung an meine augn und dem wissn das a allmächtig is und das des sei art is an vatrag zu unterschreibm. In dem vatrag san a boor regln gstandn an de i mi augenblicklich ghoitn hob.

In dem vatrag is gstandn das i ma niewieda anmaßn werd zu glaum das i wos bessas bin ois irgend a andas lebewesn auf deara wöid.

In dem vatrag is gstandn das ma füa ananda sorgn und aufrananda aufpassn wern, das ma nix mea nemman wos ma ned freiwillig kriagn und das uns nix zua steht, wos ma uns erzwinga miassn, das ma uns bedankn füa ois wos ma kriagn bis ma wieda in friedn und ruhe auf deara wöid lem.

In dem vatrag is gstandn, das ois oid wern derf auf deara wöid, in der werte nix wiegn bis ma koa sprache mea brauchan weil ma uns wieda in d augn schaun.

Und dann is do nu gstandn das i woaß das i nur gast bin auf dera wöid und dafüa sorge trog, das i ois a so hintalas, das noch mia a andara ois übanemma kon, und wenns a bam ümanimmt, ohne das a krank werd.

Ja a vatrag in dem i de wöid ois gott anerkenne und sie is de oanzige de unterschiede macha derf weil sie die unterschiede gmacht hod.

A vatrag in dem i den wahren glaubm glaub und leb, bloß den oan und i hob ned de wahl zwischn dem oan und dem andan, weils bloß den oana gibt, den oana glaum das i woaß daß ma olle gott san weil ma von eam san, auf eam san und er in uns is. Den glaum das ma uns ned liebm miassn sondan das respekt glangt.

Ja a vatrag in dems koane montage mea gibt und mia ham oiwei unsa scheens gwand o und san sauba.

I woaß nimma so ganz genau wia des damois war wia i auf d wöit kemma bin. Wahrscheinlich wars a montog i woaß ned, aba es kannt oana gwesn sei. I bin auf d wöid kemma an am 24. dezemba und hob mit dem datum lang nix ofanga kina, aussa das oiwei weihnachtn war und i dann oa johr öita gwen bin.

Ja irgendwann bin i auf d wöid kemma und des erste wos i gspührt hob war das irgendwos ned stimma kon. Am anfang wars einfach bloß a unwohl sein, späta hob i dann des richtige wort dafüa gfundn.

Kriag.

Ja es war kriag do wo i war und i bin mittn in dem kriag auf d wöid kemma.

I denk iaz amoi das i trotz allem a kindheit ghabt hob wia de meistn in meim oita in deara zeit, so bin i ned misshandlt oda gschlogn worn, i hob a ned hungan miassn und in lumpm rum laffa. Eigentlich war ois normal und des wars a bliebm wenn i ned weida gwachsn war. Aba i bin an am 24 dezemba auf d wöid kemma und so war a bei mir ois scho festglegt ohne das irgendwer wos ändan häd kinna.

Es war kriag do wo i war und i war ned alloa in dem kriag. I hob scho an bruada ghabt der oanahoib johr öita war wia i und am anfang hob i wirklich glaubt das er schuid hod an dem kriag aba dann bin i weida gwachsn und hob erkannt das ma ned durchs geborn wern automatisch a a schuldiga werd.

A schuldiga, der dro schuid is das ma iaz a jede mark zwoamoi umdrahn muaß, das ma ned einfach amoi nix duad, na iaz hod wos do wern miaßn. Arbatn, waschn, kocha, spaziern geh, a gräßare wohnung und sparn fast bis zum geiz, liagn, liagn, liagn. Des gibts ned das ma des automatisch werd.

Schuldig.

Ma konn a schuldiga werdn oda a beschuldigta aba ma is ned von anfang an schuldig. Dann kammatn ja do ned menschn auf d wöid sondan nazis und judn und moslems und türkn und woas da deife wiases olle nennan.

Na do kemman menschn auf d wöit, lebewesn, zufällig auf am teil von deara wöid geborn zu dem irgend oana irgend wann türkei oda deitschland gsogt hot, wahrscheinlich an am montog. Stöi ma uns voa er häd de wöid nach seine köapateile bennant und i konn ma eifach voastöin daß des wort arsch scho voa dem wort österreich gem hod, dann war heit deitschland de rechte und österreich de linke arschbackn von deara wöid und genau in da mittn drinn, do wos heit berchtesgadn und soizburg dazua sogn, wars arschloch und auf da andan seitn, do wos heit australien sogn dazua, do war dann da schwanz und de australia warn lauta schwänze.

Oouu dad ma sogn, schau hi do fahrn zwoa schwänze vor uns im lift an obasoizberg auffe und sie dadn se umdrahn und hintara schrein, Hello arschlöcha und dadn freindlich lacha, its neiss tu bin hia agän und mia dadn viare schrein zu eana, iess schwänze, wi ar so häppi to siju. Na mia kemman ned schuldig auf d wöid, von anfang an samma unschuldige und mei bruada wars a.

Aba es war kriag und in eanane augn war er schuid dro weil a kemma is. Und weil as zwunga hod zum weida wachsn sans grod extra ned gwachsn.

Es war kriag und er is a grund worn füa ois wos ned funktioniert hod und es hot nix funktioniert in dem kriag, in koam kriag funktioniert wos.

Mia san midananda aufgwachsn und in all den jahren de ma mitanand im kriag warn, hod er de funktion von am schutzschild ghabt füa mi. Ois hod er ob kriagt.

De leichtn valetzungen und de schwarn und de unheilbaren, er war imma vor mia. Er war ja da grund, er war ja schuid, er war da erste bei mia wars scho wurscht. Er war schuid. I hob scho a meine querschläga obkriagt aba des ois is mit da zeit vaheilt. Bei meim bruada warn de valetzungen unheilbar.

Do sitzt a heit und vasuacht sei schuld zu vaträngen und weil a so mit dem vatränga beschäftigt is kon a nua nu do sitzn und nix andas mea doa.

I hob so vui mit eam gred und so vui um eam gread aba er is seine valetzungen erlegn und hod aufgem.

Er war da grund das zwoa mensch ham zambleim miassn, de bloß an kurzn augnblick woitn von da ewigkeit und eigentlich nix andas ois des oane und des steht eana ja a zua und i bin sicha daß n ned amoi hättn liebm miassn, respekt häd glangt, respekt voa deara unschuld, respekt voa dem lebewesn, respekt voa deara wöit und gott. Nua respekt häds dazua braucht und der kriag häd ned stattgfundn. Sie hädn an respektvolln weg suacha und findn miassn daß mein bruada aus dem kriag, dea da eanane war, raushoitn.

Respekt war de konsequenz gwesn das sa se nach da geburt von meim bruada sterilisiern lassn und deara familie war vui leid erspart bliem. Aba sie ham se fia kriag entschiedn und je öita das ma worn san, um so grässa is a da kriag worn.

Mei opa mei oma, meine tantn und onkln, kusinen, mia warn olle im kriag und a jeda hod gschaut das a do irgendwie heil aussa kimmt. Mia warn oiwei nu bloß kloane kinda und schuldlos, schuldig samma erst vui späda worn.

Mei bruada war a kloana bua der nix andas woit ois das a ned friad und ned hungert, der in arm gnumma werdn woit und zu dem ma sogt, des werd scho wieda, wenn a se weh do hod. Er war a kloana bua der ned an ois schuid sei woit, er woit se zuabe kuschln kina und wissn das wer aufpasst auf eam. Er war a kloana bua und unschuldig und an dem dog, an dems eam sein kopf obagschossn ham, is de ganze wöid schuldig worn daß wieda oan sohn gottes ans kreiz gnoglt ham.

Ja i kon mi nu genau erinnan wias eam an kopf obagschossn ham und mia laffts koit üban buckl oba wenn i dro denk. Wenn i oide buitln oschau aus deara zeit dann foin ma de augn auf von eam und i sig daß genau de söbm san wia de von iha.

Es war a scheena wintadog und es hod gschniem und gschniem und gschniem. I glaub es warn ferien und mia ham draußn bleim deafa in unsana schneeburg.

Es war scho finsta.

Mia warn kloane buam und diandln de kurz ned an kriag denkt ham und glücklich wia kinda sei soin. Mia ham gsbuit und glacht mitananda und vergessn das ma schuldige warn.

Mei opa geht aus da hausdia aussa weil a aufs klo geh woit.

S klo war damois aussahoib vom haus, es is erst späda kemma das ma in d heisa neischeißt. Mei opa geht aussa und mia olle hamna natüalich glei mit schneeboin bombadiert und er hot sogor nu a boor zruck gschmissn.

O gott koa kriag, koa schuid, koan grund hots gem, mia ham einfach bloß kinda sei woin, lustig, frech und ham glacht und gschmissn.

Aba es war kriag und uaplötzlich is a bombm explodiert de meim bruada an kopf obagrissn hot. Irgendoana von uns hod mein opa im gsicht troffa und de bruin war hi und wer andars ois mei bruade häd de rolle vom schuldign übanemma kinna. Mia olle, a jeda von uns häds sei kinna aba mei opa backt a schneeschaufe und lafft schreiend auf mein bruada zua und i woaß heit, nach so langa zeit das an daschlogn häd, er häd n ohne mit der wimmpa zu zuckn daschlogn, wia an hund. Er häd n umbrocht. Er rennt auf mein bruada zua und i wer des aufrean, des schrein, de angst in seine augn, de hoffnung dass desmoi ned er war, des davo laffa de arm üban kopf und vastecka miassn, O Gott, i wer des nia vagessn wiara spät in da nacht hoam kemma is mit am varotztn gsicht. Stundnlang is mei muadda im wohnzimma am fensta gsessn und hod gwart auf ean. Mia hammtn so lang gsuacht koana hot gwisst wo a war. I woaß heit nu ned. Er is einagschlicha, es hod koan ausweg gem. I woaß nu das a ned gschimpft worn is von meina muatta aba wia i seine augn gsegn hob, hob i gwußt das a scho auf dem hänga war und sie san bluadvaschmiert auf seine gedärme rumtrammpet.

Mei bruada hod todesangst ghabt und wenn irgend a lebewesen auf deara wöit todesangst ghabt hod dann wars danoch nimma des söibe.

Mei bruada hod todesangst ghabt und mei mutta hod von dem dog o, üba zwanzg johr nacht füa nacht am wohnzimmafensta vabrocht und hod auf mein bruada gwart aba er is nimma kemma.

Heit is mei bruada in am heim und schwa seelisch behindert sogt ma und duad mülleima auslaan wenn mas eam sogt und kaffeegschirr obramma.

Na er braucht nimma denga.

Er hod sei ruah vadient.

Koana is eam bäs und i hoff das a sein friedn find.

I sitz am essdisch von meine öitan. Sie ham uns heid zum essn eiglodn und es gibt rindsrolladn und spätzle und semmeknedln. I hob erst späda zum fleisch essn aufgheat nach dem i den vatrag gschlossn hob, hob es nimma derfa, kinna und a woin. Mia essn olle mitanand, war eh so söitn in unsam lem und sitzn um an disch umme. Mei schwesta is a dabei. I hob mein kloan aufm schoß sitzn und fuaddat n. Mia ham unsa gaude und san guad drauf und irgend wann merk i das mei vodda umma schaut und füa an kurzn moment treffan se unsare blicke. Mia ham uns ned oft in d augn gschaut mei vodda und i, aba in dem moment hob i sei ganz lem in eana gsegn.

Seine entbehrungen und sei hoffn, seine ängste und wünsche, sei ganze traurigkeit hob i gsegn und i hob gwußt das a woaß das a nummoi kemma muaß weil a nimma fertig macha kon. Er war siebzge und hot koa zeit mea ghabt.

Er werd nummoi kemma miassn weil eam zfui obgeht vom lem wos ned hoaßt das a nix gmacht hod. I hob gsegn das a erkannt hod das eam des obgeht einfach bloß do sitzn mit seim buam aufn schoß und nix sogn miassn weil ois passt. Mit am kloana menschn redn und schmusn mit eam ins bett geh und sei atmen hean und des zuckn spüan wenn se da köapa entspannt und s schlaffa ofangt.

Ja i sig in seine augn das a gern kinda ghabt häd. Des geht eam ois ob und er hod nimma de zeit zum nochhoin. Häd a se oamoi füa uns eigsetzt oamoi auf unsara seitn, zua hean und glaum. Mia warn seine kinda aba mia warn im kriag des häd i iaz boid vagessn, mia warn im kriag und de frontn warn aufteilt in wohnzimma, küch, bad, hausgang, kindazimma und hof und jedn dog war de front wo andas und es is bloß drum ganga das ma irgendwie do durch kimmt.

I war a kloana bua und a wenn i damois woin häd i häd meim bruada ned höiffa kinna. I war damit beschäftigt das i raus kim und hob früh genug erkannt das is mit vadränga ned schaf und so hob i an traum ogfangt zum tramma der mei lem worn is und i hob ma mei eigene gerechtigkeit erfundn de i späda mit dem wort respekt ausdrückt hob. Respekt vor meine öitan ned weils meine öitan warn sondan menschn, lebewesn de in eanana zeit ned andas sei ham kinna, so wia a i in meina zeit ned andas war. Der respekt das i gwußt hob das i eana nix zum vadanga hob aba des bissl des i eana schuid zruck gem muaß wenn mei zeit kimmt. I werd mi um sie kümman wenns oid san und sie brauchan ned friern. Es werd eana nix föin im oita und sie brauchan koa angst hom und ned hungan. Sie warn a zeitlang meine öitan und san späda zu meine kinda worn so wia olle menschn auf deara wöid meine kinda san und i a kind von olle menschn.

Respekt hod der weg ghoassn auf dem i ogfangt hob zum geh und respekt hod der traum ghoassn den i ogfangt hob zum lem und wenn irgendoana nu im kriag is mit irgendwem auf deara wöit, dann soa schluß macha damit und soi se vasöhnen mit eam, sonst konn a ihara des bewußtsein ned zugestehn.

Respekt hom hoaßt ned an mund hoitn miassn und ned na sogn derfa, hoaßt ned stad sei miassn und ned wehrn derfa, hoaßt ned sich ois gfoin lassn miassn und jedn streit aus m weg geh.

Streit is ned kriag. In am streit gibt's koane doudn und valetztn, de gibts bloß in am kriag.

Ja so hob i mein weg ogfangt zum geh und bin irgendwann dahoam auszogn weil i gmoand hob das da kriag dann füa mi vorbei is aba do hob i mi sauba deischt.

Übaroi war kriag auf deara wöit nua a neie front is dazua kemma und i bin ned vaschont bliebm.

Übaroi war kriag und wia i erkannt hob das des ned mei eigna is sondan a wöitkriag war, hob i ma denkt, iha kinnts mi doch olle am arsch leckn, und hob ogfangt das i auf deara wöid leb und hob mein traum wirklichkeit werdn lassn und bin gwachsn.

I hob ma a freundlichkeit ogwöhnt de mi nia vagessn lassn hod das i imma nu, egal wos gsogt worn is, griass gott und auf wiedaschaun sogn kinna muaß. Mei sprache und mein dialekt hob i zu meine waffn gmacht und ned oamoi im lem bin i gewalttätig worn oda hob gschlogn. Meine augn ham mi davoa beschützt das ma wer zu nahe kimmt und mei stimm hod an ausdruck kriagt dea dass nimma zum übahean war.

I bin worn wos i oiwei war und ois wos i auf de wöit kemma bin.

Rasta I hob gwußt das i ewig lem wer und ewig bedeit dasst fertig worn bist. I mecht iaz ned jamman und lammentiern wia schwar der weg war. Er war ned schwar, es war mei weg und bloß i hob drauf geh kinna. I hob ned auf an weg von eich geh kinna. I bin a zeitlang neba eich heaglaffa bis de abzweigung kemma is und i mein weg gfundn hob. Häd i ned erkannt das des mei weg is dann war i imma nu bei eich dabei aba grod weil is ebm erkannt hob das i mi do an deara kreitzung von eich trenna muaß, bin i Rasta worn und ewig und konn fertig macha.

Na eia weg war ned meina und sovuis a bettlt habts das i bei eich bleib, i hobs ned kinna. Es war ned mei weg.

Na des war ned mei weg, ois hom woin und neidisch sei vabittat und bäs, foisch und feig, na des war ned mei weg, feinde hom und liagn, wia a dieb davoschleicha miassn in da nacht und a freid dro hom wenns an andan schlechta geht wia mia. Na des war ned mei weg, kriag war ned mei weg.

Mei weg war dosteh kinna und ned vastecka miassn, mei weg war stoiz sei und trotzdem nach am streit vasöhna kinna, mei weg war lacha und sonn und ned de dunklheit und angst.

Mei weg warn tränen hom kinna de a jeda segn hod derfa, ohne schamma und de in deara sonn trocknet san de füa olle menschn scheint und des wissn, das imma scheint nacht füa nacht.

Und so is aus Uns... Iha worn und aus Mia is I worn
I und I
Jah oiwe I
Jah oiwe I

Mei weg war das i erkannt hob daß an glaubm gibt der mi nia vagessn lasst das i zwar oana von eich bin aba der mi deswegn nu lang ned zu oam von eich macht

I und I
Iha und I
Gott und I

Jah oiwe I

I kea nimma zu eich, na i kea nimma zu dene von eich de imma nu kriege fühan, foitan, mordn und schlogn. Na i kea nimma zu dene von eich de ned fertig macha kinan weil oiwei nu wer schuid is.

Ned zu dene wui i kean de imma nu angst ham. Ohne angst wer i lem auf deara wöid, weil i fertig sei mächt wenns vorbei is und weil i bis dahin in friedn mit olle lebewesn glebt hob de se de wöit mit mia teiln ham miassn und i mit eana, werd i fertigmacha kinna.

In friedn wer i lem bis mei dog kimmt und i wer ned vagessn bis dahin, das ma olle an andan fingaabdruck ham und das nia zwoa gleiche gibt.

In friedn wer i lem und bis zum schluß wer i von meina eizigartigkeit übazeugt sei und übazeugt davon daß a zukunft füa uns nua durch friedn gibt.

Da elecktroschocka surrt und sie schreit auf. Kettn klirrn im stoi, unruhe, aba da baua schreit houuuu houuuu is scho guad, is scho guad und sie schreit und rutscht in ihra eigenen scheiße aus und bricht se an hintan hax.

Aba wos füa schmerz kannt gräßa sei ois des bewußtsein daßt heid de sonn nimma unta geh sigst und des bewußtsein gesteh i ihra eifach zua. Des muaß i ihra zugestehn sonst wern olle meine gedankn lügn. Sie dreims ausse ausm stoi, iha brochana hax baumlt an sehnen und haut, und zwingans in an anhänga eine. Aba sie woaß wenns do drinn is is vorbei und egal woss a probiert sie dreschns eine und blutübaströmt stehts plötzlich drinn und schaut in hunderte von augn de de sonn heit nimma unta geh segn wern. Und wenn a ned glei losgfahrn war dann hättn se kloane lackan aufm bodn gebildet de volla tränen gwesn warn von dene augn de de sonn heit nimma unta geh segn wern.

Ja leit de augn warns, de augn, mia hättn eineschaun soin in de augn und wenn ma wirklich nach dem ebenbild von irgendeinem gott gmacht worn warn dann häd ma mitleid ghabt, ja dann häd ma mitleid ghabt und zumindestens wenigstens probiert das ma aus olle scheißdog sonntog machan. Ja dann häd ma uns bedankt und ned bloß einegfressn und gschissn.

Sie san hin und her gfoin in dem hänga und ham se gegenseitig de beich aufgschlitzt und san in eanane eigenen gedärme ausgrutscht.

Väta, mütta, schwestan, briada, freind und fremde und olle des söibe bewußtsein. So sans do g´standn und obwois ned in meina sprache zu mia redn ham kinna, hob i in de augn schaun miassn und mei ganz lem hod se vaändat in dem augenblick.

I hob gsegn daß sie genau segn wos do passiert und sie ham a gsegn das i nix dua daß ned passiert. I hob ihra in d augn gschaut und hob mit ihra gread und hob mi dafüa gschammt das i nix doa hob kinna und feig war.

I hob ihre gedankn gheat und hob gheat wias bet und koa lebewesn auf dera wöid war gott in dem augenblick näha ois sie, des oane lebewesn, des sterm hod miassn weil mia vagessn ham das ma do dazua ghean. Wos hamma ned ois füa gründe gfundn füa ia sterm, haa, zwenig mille, nimma produktiv, z oid, ja sie hod sterm miassn weils oid worn is. Aba ois werd oid auf deara wöit harrgottza, ois, ois werd oid auf deara wöid und mia ham übahaupt koan grund ghabt daß ma uns do eimischn. Es muaß ois oid wern derfa sonst geht da wert valohrn und sie war nix mea wert und is trotzdem gstorm füa uns.

Ja des bewußtsein miaß ma ihra zugestehn und mia wern in dene augn nix andas segn ois in dene, de in de kepf warn von dene kloana lebewesn, de in vietnam am ganzn körpa vabrennt vor de napalmbombm davoglaffa san.

Es warn soiche augn.

Es warn de söibm augn.

Des hod a zeitlang dauat bis unsare grenzn wahrgnumma ham und gmerkt ham das mas ernst moanan. Es war ois wirklich guad vorbereitet und sie hättns eigentlich scho vui eha merka kinna das wos passiert aba sie warn zu sehr mit sich und eanam kriag beschäftigt, zu sehr damit, daß an schuldign findn und so hams einfach ned aufpasst. Mia ham gwußt das ma des wos ma do machan bloß oa oazigs moi macha kinnan und daß koa zwoate schos gibt. Es war vorbereitet wia damois der umzug von riem nach erding bloß das mia koane fehla gmacht ham und koa oanzige stimm im dorf dagegn war. Mia warn uns olle einig. Mia woitn wieda oa einheit sei. Mia warn uns olle einig das ma in friedn mitananda lem mechtn und unsare kinda in friedn aufwachsn soin. Mia warn uns olle einig darüba und ham de regln kennt de zum dem friedn ghean.

Mia ham uns respektiert und san lebewesn worn.

Mia ham uns ned olle gliebt aba mia ham uns in d augn schaun kinna und Griaß Good und auf wiedaschaun gsogt.

Respekt.

Im dezemba 97 wars dann soweit. Innahoib von oana woch ham zwoatausendachthundertöif bewohna der gemeinde marzoll eanane kontn kündigt bei da sparkasse marzoll und des ganze göid auf a gemeinschaftskonto eizoit. Oane der wichtigsten regln hod ghoassn das olle ois gheat.

Es war vorher in oktoba und novemba scho bei insgesamt oanadreißg zusammentreffn da erste januar 98 ois der dog ausgmacht worn an dem in und durch unsa dorf koa auto mea fahrn werd und so weit möglich a koa auto mea im dorf is. Aba zu dem kim i erst späda.

In oana woch ham olle ois wos an göid und wertpapiern, a des ganze göid dess kriagt ham füa schmuck, autos, grundstücke und heisa außahoib vom dorf, ois auf oa konto eizoit. Koana hot a bloß oa oanzige mark besessn und obwoi koana meha wos ghabt hod warn nach deara woch 2812 menschn multimillionäre. An jedn hod ois gheat und koana hod mehr schuidn ghabt von heit auf morgn. Mia ham ois wos ned uns gheat hod im dorf abglöst oda tauscht und anteilig die steuaschuldn de des dorf an deitschland ghabt hod, natürlich von am fachmann außahoib ausgrechnet an 2. februar ans finanzamt münchen übawiesn mit dem vamerk „rückkauf, gemeinde Marzoll". In da nacht zum 1.1.98, oiso oan monat davor, hama olle strassn gsperrt. O ja mia warn guad vorbereitet und i muaß heit unsane bauan nu a kompliment aussprecha weil i woaß das mas ohne sie nia gschafft hättn.

Wia ma uns anfang oktoba dazua entschiedn ham das mas durchziagn warn sie dijenign de de meiste arbat ghabt ham und i dank eana dafüa weil i nie des gfui ghabt hob, daß es ned gern machan. Da um de zeit de meistn scho nimma garbat ham draussn hamma natülich ghoiffa so guads geht aba es war eana wissn und eana respekt uns gegenüba das ma den erstn winta mit am auflacha übastandn ham und koana vahungat is oda dafroan. Mensch war des ein scheena winta, mia ham olle ausgmacht das koana schneerammt, mensch war des ein scheena winta.

I woaß nu wia i mit meine drei buam an am obnd in a dreiviatl stund üba mazoi nach türk obeganga bin und üba schwarzbach zruck und i hob eana gsogt das ma iaz de ganze wöit gsegn ham. I glaub a das des der moment war an dem i s erste moi wirkliche liebe füa wos oda wen empfundn hob. I hob den bodn und de bam gliebt und mensch hob i de kinda gliebt de i do dabei ghabt hob. In deara nacht samma oans worn mit da wöid und ham gwußt das ma wieda dazua ghean.

I hob des strahln gsegn in de augn von meine kinda und hob gwußt es werdn nia soiche augn wern. I hob durch de heisa gschaut und hob gliebt und es war ein übawältigendes gefühl. I hob in dara nacht ned schlaffa kinna so aufdraht war i, wia unta speed, wia a droge de Liebe ghoaßn hod. Olle lebewesn ham auf mi aufpasst und i hob aufpassn derfa auf sie.

Mia ham uns zruck gnumma wos uns eh scho gheat hod. Ned oiss bloß a stückl.

Respekt.

Erst 2003 nach sechs johr klagn hamma vorm bundesverfassungs gericht recht kriagt. Zu deara zeit hamma scho unsan eignen strom und unsa wassa ghabt. Des war des erste um wos ma uns kümmat ham nach dem erstn winta von dem i glaubt hob daß da scheenste war aba es san nu scheenere kemma. S bundesverfassungsgericht hot uns unsa dorf ois unsa gesamteigentum zuagsprocha, unabhängig vom rest deutschlands und deara wöid, samma des erste autonome dorf worn auf deara wöit. Ich vermeide extra den ausdruck staat. Mia woitn nia a staat wern, häd ma des wern woin dann häd ma ois gnumma ned bloß a stückl, mia san imma des bliem wos ma warn, a dorf. Mia warn nimma steuapflichtig und ham koa post mea ognumma.

Koa polizeistreife hod auf unsare strassn fahrn derfa und söibst da stoiba, wiara kemma is mit seina leibgarde hod vom gablaknotn zfuaß einageh miassn. Es muaß erniedrigend gwesn sei füa eam, koana hod n empfangen und wir a gfrogt hot wo unsa sprecha is hamma gsogt ea kon se oan aussasuacha, mia kinnan olle ren.

O gott wos hod a ned ois füan schmarrn dazöit, von untergrabung der staatsautorität bis zua diktatur hod a uns ois ghoaßn wos do dazwischn gibt. Feinde, varäta, ia a ganz dorf voi irre samma gwen, a sekte, in seine augn hama unsare kinda mißhandlt weils an führaschein ned macha derfan.

Ned ned derfan, ham a gsogt, ned macha woin.

Droht hoda mit polizei und armee, aushungan werd a uns bis man obettln. I woaß ned ob da stoiba nu lebt aba er häd bis zum schluss bei uns mitessn kinna so vui hamma ghabt. So vui hamma ghabt das mas vaschenga ham kinna an de do draussn, deses ned amoi mehr ham leistn kinna daß satt san jedn dog.

Koana hod mea wos ghabt und doch hod an jedn ois gheat. Koane mietn hots gem und koa stromrechnung is kemma, koane vasicharungen san mea zoit worn und de oanzign fahrzeuge des nu gem hod warn landwirtschaftliche. Aba a de warn ned vasichat und wia ma späda wieda auf pferde umgstiegn san, san a de vaschwundn.

Na wirklich, mia warn guad voabereitet und warn uns olle einig. I glaub das koana gschlaffa hod in da nacht zum 1.1.98. Mia ham gwußt das olle formalitätn erledigt warn und ham fiebahafft auf mittanacht gwart und wias so weit war san koane raketn ozünt worn, na punkt 12 san olle strassn gsperrt worn de wichtig warn. Olle de zum dorf gheat ham warn in deara nacht im dorf und mia ham koan mea durchfahrn lassn. Da gablaknotn, de grenz in schwarzbach und s leopoidstal san zuagmacht worn und jeweils 30 leit ham aufpasst das ma se dro hoit. Schware bamstämm san üba d strassn glegt worn und ned amoi 20 minutn späda war an olle drei grenzn de polizei im einsatz. Zuerst sans auf eanara gesetzestur daheagrittn, mit da strassnvakehrsordnung sans uns kemma aba mia ham eana gsogt dass auf unsane strassn koan vakehr mea gibt zum ordnen und ham eana gsogt das ma nix mea mit eana redn. Sie ham droht aba mia ham übahaupt nimma reagiert, weder mit wortn noch mit tatn und zum handgreiflich werdn war ma zfui. De erstn autofahra ham scho wos gschrian von daschiassn und vagasn aber es hod nix ghoiffa und weils in deara nacht ned sovui beamte zuababringa ham kina, hams ogfangt das an vakehr umleitn und des is bis heit so bliem. Am spädn nachmittog vom 1.1. sans dann ogruckt mit de einsatzwägn und 40 hundertschaftn ham des ganze dorf besetzt und umstellt und koana hod meas haus valassn derfa. Aba mia warn ned in de heisa und wenns an irgend oana sperre fünf leit wegtrogn ham, san irgendwo hea, ausm woid oda ausm schnee ringsrum, fünfe statt dene do higanga und des is den ganzn nachmittog a so dahiganga. Sie hamm ma wirklich leid do und i woaß sie ham innalich von heazn gread weils so hilflos warn.

Wos hättns doa kinna,
wos hättns doa kinna?
Wos hättn mia doa kinna?
Nix hama doa kinna und sie a ned.

Zum uns olle oanzln bewachn do warns zwenig. Sie hams mit gruppm probiert aba wer häd da do nochlaffa soin wennst davolaffst, oana von dene zwoa de auf de restlichn achzehn aufpassn? Lächalich.

Hättns uns olle 1003 männa in eanane einsatzwägn stecka soin mit handschelln gfesslt?

Dann warn unsane fraun und de kind kemma und koana häds aufhoitn kina und dann de bauan mit de kia und facken und hehna und hund.

Wos hädns macha soin außa respekt voa uns hom.

Ja i woaß sie ham innerlich gread drüba daß ned den mut ham das sa se einfach heastöin zu uns, so wia i gread hob weil i zfeig war das i ihara höif. Sie hams genau so satt ghabt wia mia. Mia woitn einfach bloß unsa ruah und i woaß sie woitns a.

Aba sie warn nu ned so weit wia mia, sie ham nu an schuldign gsuacht dafüa, dass iaz do steh miassn und frian und eanane fraun und kinda feian dahoam. Ja sie ham an schuldign gsuacht und sie ham oan gfundn.

Uns.

Und so sans mit da zeit zornig woan und bäs und ham zum schrein ogfangt und zum schlogn und mia ham koa antwort gem und ham uns ned wehrn braucha weil ma guad vorbereitet warn und gwußt ham wias aus geht. Mia wern ganz zum schluß de siega sei und es werd nie wieda kriag gem weil ma uns füa friedn entschiedn ham.

Imma?

Jah oiwe I

Es war da erste winta und da längst wars a. De kinda ham koa schui ghabt von jannuar bis märz weil ma olle bloß von da polizei und bundeswehr in da gegend omananda drogn worn san. Mia ham scho ogfangt das ma witze düba machan, He seawas, wo drognsn di hi, ha und olle hamma glacht weils den oan do hi drogn ham und den andan do hi. Sie ham a probiert das uns weg fahrn und 15 oda 20 kilometa weida einfach auf d stass setzn und mia ham hoam geh miassn. Aba des hams ganz schnöi wieda aufgem wias gmerkt ham, das ma den kürzestn weg wieda hoam gehn und wenna auf da autobahn war. Des war des absolute kaos und sie ham uns olle wieda obhoin miassn und hoamfahrn. Ab märz wo unsare kinda wieda in d schui ganga san, a teil von de lehra is uns bliem, is dann a zeit kemma wo ma unsan normaln dog wieda ogfangt ham zum lem. De grenzn warn guad bewacht und da rest vom dorf is in den normaln alltag üba ganga. Mim kinda in d schui bringa is de normalität wieda kemma. Zwoamoi jede woch hamma uns troffa zum redn bis ende august jeda gwußt hod das redn ned de zukunft is sondan handln und mia san olle midananda ausse auf de föida und ham de bauan bei da erstn ernte ghoifa. Mia ham olle midananda hoiz gschnien und de kia gmoicha. Silos san wieda aufgfuit worn und erdkella und vorratsspeicha san baut wordn. Unsane wiesn san nimma in plastigtütn eigwicklt worn und es hod koane kühlschränke und gfrierdruhn meha gebm im dorf. Es hod koa verfallsdatum mehr gebm und es is dadurch nix mehr weggschmissn worn.

Mia ham unsa ersts erntedankfest gfeiat vor da kirch und ned drin, drin wachst nix.

De erstn zwoa stauseen warn fertig und wos ma nu braucht ham an strom und wassa ham ma von unsam konto in eanana währung zoit. Aba des war ned lang. Mia warn ned a dorf von bläde. Bei uns hods heizungsfachmänna gem und plana, elektrika und mauara, schuasta und bäcka und sogor dorfdeppm hods gem. Mia ham mit eana glebt, füa heime hama koa göid ghabt. Mia ham natürlich nu draußn eikaffa miassn, mia kinnan uns ja de solarzelln ned wia göiberuam obaun, aba auf des zeig hamma uns aufpasst, des hamma ned ausdauscht wenns hi war, des hamma gricht und irgendwann hama einfach ois ghabt und ois war zum richtn. Ja ois. Mia san olle Richta worn und i hoba oiwei gmoand des muaß ma studiern. Na richta wern des muaß ma leana des konn ma ned studiern. Unsane kinda glaube warn de glücklichstn kinda von da wöid. Sie ham nimma bessa sei braucha oda des wern wos mia ned worn san. Mia ham einfach a bissl aufpasst und wenn ma a bissl aufpasst dann erkennt ma füa wos s intresse zoagn. Mia ham eifach ned wert glegt trauf dass olle gleich guad schreim und rechnen kinnan. Wenn oana ned guad lesn hod kinna hod des füa uns ned ghoassn das a a ned guad mit viecha umgeh konn oda koa vastäntnis füa farbm hod. Sie ham kinda sei derfa.

Es hod übahaubt koana klassnuntaschiede gem weil ma oa einheit worn san und jeda gleich wichtig war. A n jedn hod ois gheat. Des hoasst ned das ma ned gstrittn ham. Es hod imma nu eifasucht gem und antipatie aba des war andas ois voahea. Mia ham uns nimma aus m weg geh kinna und gegenseitig vaglogn kinna. Unsare richta ham ja oiwei wos zum richtn ghabt, mia ham ois ausgred und olle ham olle braucht und so hamma uns einfach respektiert. Mia ham gsegn wos oana duat und ned wia oana ausschaut. Mia ham händ ogschaut und an mund und ned a hosn oda schua.

Unsane kinda san von olle vasorgt worn, genauso wia de oidn. Sie ham übaroi wos zum essn kriagt und ham übaroi schlaffa kinna. Schui war dog und nacht unds schlaffa lerna war genau so wichtig wias wach sei kinna. Mia hams oamoi im johr oan dog uns vasorgn lassn und sie ham ois macha derfa vom frühstück herrichtn bis zum bett geh um achte. Sie ham an dem dog noch uns ins bett geh derfa und voa uns aufsteh miassn. Sie ham uns des zeig hi glegt zum oziagn und uns in d schui brocht, ja an dem dog san mia in d schui ganga und wehe s essn war ned fertig wenn ma kemma san mittog. Manchmoi bin i zambrocha wenns so gfrogt ham, na wia was denn heit in da schui oda kimm gehts a bissl ausse und lassts uns a moi a stund a ruah. Es warn geile tage und des hod ned aufgheat bis zum schluß. Sie ham nia aufgheat dass unsare kinda san. Mia ham ned so achtlos mit eana umgeh kinna wia iha mit de eian, mia ham bloß nu de ghabt, es san koa mea kemma.

Aba übaroi war kriag und da lastwogn is ruckartig steh bliem und weils eh scho bloß nu auf drei fiaß hod steh kinna, hod ses mim kopf gega an eisnträga von da bordwand ghaut und a teil von da schädldeckn mid am horn und am ohr is aussabrocha und s gehirn is ihra obaglaffa. Sie is zammbrocha und iha gwicht hot ihara de voadafias a nu brocha und sie hod nimma aufsteh kinna. Aba wos füa schmerz kannt gräßa sei ois des bewußtsein dasst de sonn heit nimma untageh sigst.

Sie war de letzte im hänga und es hod nix meha wos ghoiffa, koa elektoschock und koa eidruckts aug, sie hod nimma aufsteh kinna. De andan san wegtriebm worn und a gablstabla is auf d rampm gfahrn und ihara mit da gobe untan bauch eine und hods aufghom. Nu oamoi hod iha gehirn registriert das da schmerz zua nimmt und sie hod aufgschrien wies ihara d haut obazugn hod und de bauchdeckn aufplatzt is. De därme hods aussadruckt aufn hängabodn. Er hods nausgfahrn aufn plotz aba üba de mauan hod de sonn ned drübagscheint. Sie hod übahaupt ned gscheint an dem dog, so hods a ned untageh kinna.

Wia ma uns 2015 dazua entschlossn ham das ma koane kinda meah woin und von deara wöit vaschwindn war de aufregung groß. Unsare kinda warn imma unsa zukunft und iaz sois koane kinda meha gem?

Mia ham einfach de rechnung ohne den wirt gmacht und vagessn das kriag is auf da wöid. Aba wia uns des wieda bewußt worn is hama de konsequenzn zog und einstimmig entschiedn männa und fraun das ma koane kinda mea woin und unsare kinda durch aufklärung dazua brocht dass freiwillig drauf vazichtn. Mia ham eana von anfang an nix vaschwiegn, mia ham eana ned a heile wöid voaglogn. In a heiln wöid gibts koane grenzn, do sann ned de oan draußn und de andan drin. Mia san übafoin worn, so das a unsare kinda glernt ham wos angst is und gewalt. Mia warn a zeitlang a freizeitpark füa oschleecha de mit eanane tschiips nacht füa nacht unsare felda vawüstet ham, weils gwußt ham dass do koa polizei gibt. Mia ham uns dann auf a gewaltfreie methode geinigt. Seile gspannt und foigruam grom dann war boid a ruah und in da nacht san d hund frei glaffa. Aba unsane kinda warn dabei wia ma uns gwehrt ham, sie hams ja späda kinna miaßn. Aba wos hots uns ghoiffa das ma koa heizöl mea vabrennan und unsa dorf giftfrei gmacht ham. Aufs weltgeschehn gsehgn natürlich nix. Aba uns hods wos brocht und mia woitn ja ned de ganze wöid vaändan. Mia woitn bloß a bissl weida wachsn und des hama a gschafft. Es hod koa plastig mea gem bei uns und koa rasnmäha is mea glaffa. Koane autos und motoradln san gfahrn. Es hod aussa kompostierbarn koan andan müll meha gem. Mia ham ois braucha kinna und es is wirklich nix übabliem. Ned amoi aus da oidn zeit. Mia ham richtige ersatzteillaga ghabt füa unsare wind, wassa und sonnenkraftwerke. Mia ham tüfftlt und bastlt und erfundn. Technika hods gem und sattla, zammrama und putza. Aba koan neid und koane intrign, koa gewalt und koan hunga hods gem. Des war uns scho klar das ma de wöid ned saubakriagn wenn da dreck von draußn einalafft oda von om oba kimmt. Aba mia woitn ja a ned de wöid säuban sondan uns. Mia ham uns einfach nimma füa eanane belange intressiert weil ma gnuag mit uns söiba z doan ghabt ham. Und trotzdem samma übafoin worn, obwois nix zum mitnemma gem hod. Mia warn schuldige und sie de bestrafa. Sie ham unsare fraun vergewaltigt und oide leit daschlogn. Sie ham unsare kinda vaschleppt und ham uns unsare träume gnumma. Ja sie ham uns unsare träume gnumma und ohne träume gibts koa zukunft.

Koane kinda meah und mia ham wieda tramma kinna. Uns warn de träume wichtiga.

Mia hams söibst a so entschiedn und san unerpressbar worn und mutig. Irgendwann war da jüngste in unsam dorf zwanzge und es hod koane schuln mea gem koane lehastöin und kindagärtn.

Koane lehra und lehaherrn. Koane behindatn kinda san meah auf d wöid kemma. Koan keichhuastn und koane maasan hods meah gebm. Mia ham um nix mea angst hom miassn mia woitn bloß nu sauba sei und fertig wern.

I bin schweißgebadet aufgwacht, i hob an beschissnen traum ghabt. I hob tramt das i fleisch gessn hob. I hob den gschmack nu im mund und sitz do und hob angst weil a so wirklich war der traum. I woaß das i sterm muaß wenn i nuamoi fleisch iß weil i untaschriem hob. I woaß das a mi ned umasonst übalem hod lassn und das a imma anwesend is. Aba i hobs gott sei dank bloß tramt und so steh i auf und geh ins wohnzimma zu meine hehna und hoi de oa. Mei frau schlafft nu und seit de kinda eanane eigenen wohnungen ham is recht stad bei uns im haus. Es is übahaubt stad im dorf, es gibt koane kinda mea und von dog zu dog werds schwara und mia olle kriagn des ausmaß von dem entschluss iaz erst so richtig mit. Es gibt koane kinda mea. I bin traurig und hoi a oids fotoalbum aussa und schau auf de vagangenheit und bin stoiz das olle drei übalebt ham. Sie san grosse menschn worn unsare kinda, fürstn auf deara wöit und eanare öitan san könige von am oidn stamm menschn, der langsam ausstirbt. I richt unsa frühstück hea und weck mei frau auf und dann lass i an dog o geh. I bin iaz dreiasibzg und da jüngst mensch bei uns im dorf is dreizehn. Mia schreim des johr 2028 und olle belagarungen hams aufghom. Mia san freie mensch und ham des bissl land, füa des mia de vaantwortung übanumma ham aufgrammt und gems sauba zruck. Mia gems a so zruck dass a ohne uns übalem konn. Mia hams von uns entwöhnt im lauffe der jahre und es hod wieda sei eigene dynamic kriagt. Mia hams bebaut und es hot uns nia hungan lassn. De kornspeicha warn oiwei foi und ananas hods bloß gem wenns von draußn oana mitbrocht hod. Es gibt koane kinda meha bei uns, wia andas häd ma unsa liebe ausdrückn kinna ois a so. Mia ham nia auf mea vazicht und nix is uns mea obganga ois unsare kinda. Koa großvatta bin i woan und koane enkl hob i aufm schoß ghabt.

Aba mia ham a fui dafüa kriagt.

Friedn hama kriagt und respekt, liebe und unsa ruah.

Ja de wöid schaut auf uns und se rean um jedn der wegstirbt weils wissn das koana mea nochkimmt. Ja mia wern lang in eanane gschichtn voakemma und de kinda von eana wern grosse augn kriagn wenn eana de oidn von uns dazöin. Ja mia ham fui dafüa kriagt.

Ewigkeit.

Fertig woan sei.

Wissn das nix schlechts von dia zruck bleibt.

Koa hausdia hama mea zuasperrn miassn. Koa angst hamma mea hom miaßn und wertvoll samma worn.

Ja mia ham fui kriagt aba übaroi war kriag und sie san ausse gflogn in de finstanis und wias ganz ganz weit draussn warn hamms beim fensta aussegschaut und sie warn sprachlos. Nia voa eana hod a andara mensch oda a lebewesn des gsegn wos sie do iaz grod segn.

Sie warn de erstn und sie warn sprachlos.

Sie ham a blaue kugl im universum schwebm segn und wias eana sprache wieda gfundn ham, hams bloß gsogt sie ham gott gsegn.

Ja stöi da voa sie ham gsogt sie ham gott gsegn und des erste moi ham mensch von deara wöit zu eanam gott obegschaut und ned auffe.

So sauba.

So reihn.

So schee und so klar.

So zerbrechlich und valetzbar.

So offn und ungschützt.

De wöid.

Ja de wöid hams gsegn und sie ham gott dazua gsogt. Aba de viehtransporte san weida gfahn do drunt auf eanam gott und ham an doud hundertfach in da gegend ommananda gfahrn und stück füa stück hamsn gschlacht, eanan gott und de ganzn pfaffn und bischhöfe und päpste san beim tenglmann hinta da wurschttheke gstandn, de eana altäre warn, und de restlichn blädn ham an schwarzn pressog obet.

Ja sie ham gott gsegn wias do obegschaut ham und wias wieda druntn warn hams naufgschaut und gsogt

danke lieba gott

aba sie ham koa antwort kriagt.

Mei vodda is mit de kinda im gartn und duat johannisbeern brocka. I glaub das a glücklich is. I wünsch mas. Meine kinda san gern beim opa und es is oiwei wos bsondas. Vieleicht weils so söitn do san obwoi ma doch gornet weit ausananda wohnan. Aba vieleicht machts grod des zu wos bsondam wenn ma de großöitan bsuachan. Da opa duat mit eana wergln und sagln, gartln und er kriacht imma nu mit eana am bodn ommanand. Des dua i a aba beim opa is wos bsondas weils ned imma is. Ois wos ned imma is, is wos bsondas.

I sitz mi umme zu eana auf de kautsch und mei kloana sitzt se auf mein schoß. Er red übahaubt ned gern, des hoaßt er red scho gern aba bloß des wos a kon und anscheinend glaubt a das des glangt wos a konn. Er hod a boor sätze drauf und mit dene kimmt a übaroi ganz guad durch. Er hod übahaupt a eigene sprache. I konn mi erinnan wia de andan zwoa buam von mia s redn ogfangt ham, do hod des wos ma eana voagsogt hod wenigstens nu a bissl a änlichkeit ghabt wia ses noch gsogt ham. Do war des hoid ned de schildkröte sondan de grodda, des kon ma nu durchgeh lassn. Aba mei kloana hod seine eigenen ausdrück ghabt und manchmoi hob i n einfach übalistet und hob eam an neichn entlogt und bei meim vodda an den dog a.

I hobm aufm schoss und sog zu olle das a moi heakemma soin und wia ma olle um eam rum gsessn san, sog i eana das mia iaz eine sprachvorführung machan und das er ois noch sogn konn wos eam i voasog.

Olle warn ganz gspannt und seine augn ham gstrahlt und i hob nu nia voahea so vui stoiz in am gsicht gsegn nach dem i zu eam gsogt hob, sog a moi Opa und er hod laut und deitlich Opa, Opa, Opa gsogt.

Mia ham olle klatscht und topt, bravo bravo hamma gschrian ein wahnsinn. Mei schwesta, mei muatta, mei frau, seine briada olle ham klatscht und globt.

Des war aba ned schwar, weila opa scho sogn hod kina und oma danocha a und mama und baba aba jedes moi hama klatscht und gschrian und er is a stückl gwachsn. Aba den nam von seim groußn bruada, den hod a ned sogn kinna und wia i dann plötzlich, nach dem a sovoi gwußt hod, zu eam sog und iaz sog a moi Robert, do hod a nimma auskinna und er hod gsogt Wewa und mia ham klatscht und gschrian und san rumgsprunga voa lauta freid

Wewa, Weeewaa und da robert hod gsogt, ja wos is denn?

Wewa, Wewa aba es war kriag und koana hod gsegn das i do sitz mit meim gott aufn schoß und lach.

A dumpfa schlog durchströmt ia hirn und olle schmerzn san wie wegblosn. Da metzga legt an schussaparat auf d seitn und schneit ia d halsschlagada auf. Sie is nu ned doud und s bluad werd aussa pumpt von am gsundn herz des nu ned woaß das sei zeit obglaffa is. Sie sigt nu und während ia de eigenen gedärme ins gsicht rutschn, weils an kettn an de hintafiaß auffe zogn werd, ziagns iara scho s föi ob.

Sie sigt nu aba sie spüat nix mea.

O gott i hoff sie spüat nix mea.

I hob angst das es nimma dadenga kon wenn i glaub sie spührt nu wos. I hob angst das i nimma schlaffa kon und nimma mit eich lacha. I woit eich doch bloß a gschicht dazöin, aba i hob koan traum ghabt dazua.

Aba es war kriag und sie ham se dafüa entschiedn dass in zorn und krankeit von deara wöit geh woin. Sie hams ned gschafft und i schau in himme auffe und sig de weißn streifn länga und breada wern. I ziag meine neia schua aus und riach an eana. Mei bua hods ma gmacht, ja mei bua is schuasta worn. Iaz sitz i unta seim bam und er sitzt bei mia und freid se das ma passn.

I rauch an spliff, i hob mas bis zum schluss ned obgwöhna kinna und bin da gschichtnerzähla worn und a da oanzige der von zeit zu zeit des dorf valasst. I hoit mi, wenn i draußn bin an olle eanane regln und wer übaroi respektvoll behandlt. I bin gschichtnerzähla und traumvabreita und a wenn kriag is übaroi um mi rum, sie wissn daß mi brauchan weil da mensch gschichtn braucht, träume zum übalem. Sie frein se wenn i kimm und manchmoi sitz i voa achthundat leit und erzöi eana von unsam dorf und wia kloane kinda sitzns mit grosse augn do und schüttln ungläugbig an kopf und sogn des gibts ned.

Ohne göid, ohne kaffe, ohne fernseha oda eurocart, na sogns, des gibts ned. Aba sie fangans tramma o und lem mit mia zwoa stund mein traum und sie kemman olle in meine gschichtn vor. I schau ma eanane gsichta o beim vorbei geh und sig eanane valetzungen, misshandlungen und gewalttatn des eana o do ham damits anständige menschn werdn. Wann hams endlich den mut zum na sogn, wann glaums endlich dass nua mit respekt geht. I erzöi eana das bei uns im dorf ois oid werdn derf und nia an wert valiert. I erzöi eana das unsare kia frei rumlaffan und jedn obnd ganz von allo hoamkemman, uns eana mille bringan und bei uns schlaffan. Sie wern nimma gschlacht sondan sterm füa uns, sie wern nimma zücht, sie vamehrn se füa uns.

Erst wenns eanan sonnenuntagang gsegn ham, wars freiwillig und es bleibt nix von eana übrig. Mia ham a eigne kasarei und machan uns unsa butta söiba und s brot. Mia miassn uns nix kaffa und wenn oana krank werd dann muass a ned in a wartezimma, na da dokta kimmt zu eam. Da dokta werd vom ganzn dorf vasorgt und er muaß se um übahaupt nix kümman. Ja i erzöi eana das ma aufananda aufpassn und wenn i wieda hoam kim, ende novemba, dann is mei hoiz scho gmacht und mei speis is voi. I erzöi eana das i gschichtnerzähla bin und in unsam dorf genau so wichtig wia da schmied oda da schneida. Aba sie sogn des gibts ned und traman scho davo.

I riach an meine neia schua und riach mein buam und i riach zruck in die vagangenheit und erinnat mi an de saubakeit de i grocha hob wenn a se zu mia zuaba kuschlt hod im bett und sei hand auf mei ohr glegt hot. I hea sei atmen und riachn und er steckt seine koidn fiass zu mia eina und sogt, guad nacht. I riach fünfazwanzg johr zruck und schau umme zu eam. Er riacht oiwei nu so guad, er is oiwei nu mei kloana bua und wia wennas wissat schauta umma zu mia und sogt i brauch ma koane sorgn macha und i woaß das i fertig worn bin.

Im Jahr 2006 hams nach neun jahr de letztn truppn um unsa dorf obzogn und es is ruhe einkehrt. Bis dahin hods scho koane strassn mea gem und mia ham unsa eigene kläranlage ghabt. Unsa dorf is richtig aufbliat und bachläufe, kloane seen und rinnsahle san do entstandn wo mas braucht ham. Mia ham unsare oidn im dorf lassn und ned in altersheime gsteckt wias damois üblich war. Sie ham eanane eigenen Heisa ghabt und san von uns mitvasorgt worn. Sie san von eanare enklkinda aufm weg in d schui vasorgt und bsuacht worn und wenns koane enkl ghabt ham, san einfach andare kinda zu eana kemma. A jeda hod an opa ghabt und a oma, an vatta und a muatta, a schwesta und an bruada. Mit da zeit samma a grosse familie worn und ham dann a so mitnanda glebt.

Irgendoana is zum frühstück oda mittogessn kemma und nia hod ma se beobachtet gfühlt oda fremd. Mia san oa einheit worn und a jeda war gleich wichtig. Es hod einfach leid gem de gern lang gschlaffa ham und mia ham gwußt, das de hoit amoi erst um 10 oda 11 fit san aba dann hams a wos do und es is wos weida ganga. Eigentlich is dog und nacht garbat worn, weil einfach jeda garbat hod wann a woit. Da mensch arbat ja gern aba am liabstn arbat a dann, wenn a mog und ned wenn a muaß.

Eines tages bin i aufgstandn und olle zäune warn weg im dorf. I häds wahrscheinlich gorned gmerkt wenn i koan hund ghabt häd. Aba olle zäune warn weg.

A andasmoi san fünfadreißg leid in meim gartn gwen in da friah und in dera nacht hams ma an meta broadn und an meta diafn boch durchs ganze grundstück grom.

Sie ham gwußt das i ma oiwei an boch vorm haus gwünscht hob und i hob mi total gfreit drüba. Des muaß a wahnsinn gwesn sei in deara nacht. Sie ham d wiesn mit boikn und lahn obdeckt, damits ned zamtretn werd (mia ham sogor aufs gros aufpasst) und des wos de oan aussa gschaufet ham, des ham de andan sofort weg gfahrn und de nächstn ham stoana brocht und so is a schmala stoaniga boch, mit zwoa kloane staustufn entstandn. Wias in da fria, wia i ausse kemma bin, de boikn und lahn weg trogn ham, war koa grashalm umtretn und koa batz auf da wiesn zum segn. Sie ham an boch heazaubat und es hod so ausgschaut wia wenn a scho oiwei dogwesn war. S wassa hams vom hauptboch umma gleit, der früha de grenzlandstrass war.

Wahnsinn hob mi i gfreit und wia dann da Dastin mittog kemma is von da arbat und hod ma a boor foröin mit brocht und eigsetzt (er war bachpflega und fischzüchta) hob i einfach zum rean ofanga miassn und hob mi bei olle bedankt. An dem dog war i dro mit kocha und i hob guad kocha kinna. Im lauffe der jahre hama uns des richtig ogwöhnt das ma de andan a freid macha kon, ohne das der dem mas macht des gfui hod, das er iaz a wos macha muaß. Mia ham einfach nur gern wem a freid gmacht und an dem dog hob a i nach langa zeit mei gitarr wieda moi viara ghoit und hob eana a boor gschichtn dazöit.

A groß feia hod brennt in deara nacht und mia ham olle mitananda gessn und trunga. Mia ham aba nur gessn wos ma a söiba pflanzt und söiba gernt ham. Es war nix dakaffts und gstoins auf unsare disch. Ois wos do war, war freiwillig do. Do war brot und butta, honig und marmeladn, kas, gmias, obst, wein und bier, nussn und a a fleisch hods gem obwoi ma nix gschlacht ham, mia ham auf nix vazichtn miaßn und koam is wos obganga. De kinda san bis spät in d nacht ummananda deifet und mia ham an mond vatraut, das a auf uns aufpasst. I hob eana erzöit wias draußn ausschaut und i hob ned amoi übatreim miassn damits eana koid üban buckl obalafft.

Vegl hob i gsogt hob i gsegn mit drei fligl und katzn dene fedan gwachsn san. Fisch schwimman in eanane flüsse omanand mit zwoa kepf und sie fressn de vakrebste leba von eanane gäns. Koa mensch kon mea schwimma, weils es nimma lerna kinnan. Wo kanntn s es denn leana. Eanane seen san schlammlächa und in eanane flüsse scheint dog und nacht da regnbogn. Heisa so groß wia a kiesgruam, voi mit kinda de koana braucha kon und eigfroane menschn gibts weils gornimma so vui eigrobm kinnan wia sterm. I hob in eanane augn ungläubigkeit entdeckt. De naive ungläubigkeit, dest host, wennst woasst dass stimmt aba du woaßt, dass dia ned passiert und du konnst ned vasteh, dass s es mit sich passiern lassn. Es is nu ned amoi 10 johr hea und es is a gschicht füa sie worn. I sing a boor oide liada aus der zeit wo i nu draußn war, an stoiba, an rasnmäha, hey staat, freiheit und des zeig und denk an mein erstn auftritt. I woaß das des lebm ned aus zufälln besteht, sovoi zufälle gibts ned. Des lem besteht aus glück hom und wenn i nix woaß aba i woaß das ma nua dann glück hod wenn ma a glüchlich is und egal wos imma war in meim lem, i konn mi ned dro erinnan das i oamoi ned glücklich gwesn war. Vieleicht hod a frau mit mir schluss gmacht und i war unglücklich aba des unglücklich sei moan i ned, i moan des unglücklich sei, dasst woasst du host gar koan, des wissn die braucht koana und du bist umsonst auf deara wöid. Na des kenn i ned. I war imma glücklich das mi gibt. Vieleicht weil i so gern dazua ghean woit ois kloana bua und sie mi ned lassn ham das i oana von eana werd. I hob scho oiwei gern vui zeit mit mia vabrocht, i hobs ja miassn und weil i koan zum redn ghabt hob, gern mit mia gred. I hob ma scho oiwei gern gschichtn da zöit und tramt aba wia i ogfangt hob das is laut dazöi sans warheit worn.

I hobs ned provoziern woin durch mei aussehn oda mei sprache, i hob a ned extra gros graucht wias imma gmoand ham, na i war hoit a so und sie hams ned ändan kinna und weils so damit beschäftigt warn dass mi ändan, hams den blick füa die wichtigkeit valorn. Sie hean ma zua und sie wissn dass de wahrheit is, das des lem aus glück hom besteht und sie wissn a daß glück ghabt ham. Mia ham a rechte gaude in deara nacht und voi mitnanda gred mia ham a vui mitnanda gread in deara nacht und i hob vui graucht.

Mia ham einfach glück ghabt.

Berge hob i gsegn so hoch wia heisa, lauta doude lebewesn. Wieda andare lebewesn hams bei lebendign leib bron oda in kochats wassa gschmissn. Elektrosondn san in de arschlöcha von wiesl, marda und iltis gsteckt worn und eanane kloan köapa ham se zwanzg oda dreißg sekundn aufbäumt und gwehrt bis den kampf valorn ham. Bei lebendigm leib hams affn s gehirn aussagleffet und schildkrötn de panza ausananda grißn. Sie schneidn de bam um und mia hams pflanzt.

Sie bettn zu irgend am gott nauf und wundan se das koa antwort kriagn, drum gem sa se eanane antwortn söiba. Gefängnisse gibts füa eanane kinda und de des ned eisperrn kinnan, fahrns zam. Es is nu ned amoi 10 johr hea und es is scho a gschicht worn. I bin spät ins bett ganga in deara nacht und hob drammt das a kloana bua gstorm is.

A kloana bua irgend wo do draust und koana hods gmerkt

Aba i hobs tramt.

I hob tramt das a do gstandn is, schwar belodn mit ziagl und kloane bachal san obaglaffa üba sei staubigs gsicht und tränen und san in tropfn am seim kinn baumlt.

I hob tramt das a ned oid war, vieleich fünf johr und das a rissige, schwielige, bluadige kloane händ ghabt hod und mit dene hod a ziagl gschleppt. Kloane staubige, dreckade fiaß schleppan se üban bodn und stoana druchan se ins eitrige fleich.

A zammbressta mund und grosse dunkle augn.

Irgend oana schreitn o und er zuckt zam und schleppt se weida. Sie ham gsogt sie liebm eanane kinda und wias gsegn han das scho zwoa ned satt wern, hams glei nu zwoa gmacht. Sie ham gsogt sie liebm eanane kinda und ham eana waffn gem und hams in kriag gschickt.

Ja sie ham gsogt sie liebm eanane kinda und wias nimma hoam kemms san, hams gread um sie und d schuid bei de andan gsuacht.

Und wieda hams nauf gschaut zu eanam gott und gsogt: Warum agrat i, ha warum agrat i?

Und er hod wieda koa antwort gem.

Hinta eana is a gstandn mit seine ziagl und hod gread. Sie ham eana zukunft ausglöscht und eana gott hod ziagl trogn und sie ham oiwei nu an schwarzn pressack obet.

2011 hods de letzte erdbestattung gem und mia ham unsare doudn wieda luftbestattet. Entweda in am bam oda auf am aus hoiz bautn gerüst. Mia hättn de ganzn wassaspeicha ned olegn kinna wenn ma weida eigrobm hädn und vabrenna war uns dann doch a bissl zgstingat. 300 meta hinta da schui war a scheena sonnenaufgangplotz und des is unsa friedhof worn. Nach da erstn bestattung de a so gmacht worn is, war ma übarrascht, wia schnöi des geht, ham aba dann de frischn doudn imma a bissl weida entfernt aufbahrt sonst häd ma ja den friedhof ned begeh kinna vor gstang. Wenns dann nach gewissa zeit sauba obgfieslt warn, hammas umme glegt in hauptfriedhof und de gerippe so wia s warn, ohne das mas duachananda brocht ham, zu de oidn dazua glegt. Des war oiwei wos wos ma olle midananda do ham.

Mia ham uns olle midanand von eana vaabschiedet und uns nuamoi erinnat wer und wos a war und iaz hod a jeda gwußt wo a liegt.

Des war a de zeit wo mas letzte moi wos von da regierung gheat ham. Aba des war bloß nummoi a kurzes aufbäumen und dann war füa imma a ruah. Da stoiba hod nuamoi mit am armeeeinsatz droht aba de großgmoana, unsare nachbarn aus österreich und de pidinga ham droht das dann eanane strassn a zua machan, wenns uns ned in ruah lassn und dann hod a se eh nix mea traut. Mia san sehr bewundert worn im umkreis und es war n a oiwei leit von draussn bei uns, es hod a jeda kemma derfa und jeda is höflich behandlt worn. Aba sie san zfuaß einaganga und ham se an unsa obaste regl ghoitn und de war, respekt.

Einige san dobliem und einige san ganga in der zeit aba des hod dann aufgheat und so kimmt iaz a koana mea dazua. Nur im herbst 11 hamma nuamoi a gräßare aktion gestartet, da ham a 33 afrikana bei uns aufgnumma de von da abschiebung bedroht warn und hams nimma hea gem. Sie hams mit nachtundnebl aktionen probiert aba sie ham dann aufgheat damit, weils eanane autos oiweo ausse schiam ham miassn und a so ausseschleppa war z laut und z gfährlich. So nega schrein a glei a so wennst as vaschleppa wuist.

Unsa dorf is dann richtig farbig worn und bunte stoffe san gfärbt und gwebt woan und lange gwanta hams trogn, unsane fraun und diandln. Ja es warn scheene menschn in dem dorf in dem i lem hob derfa.

Wia de erstn menschn warn auf deara wöid.

I hob gern auf de föida mit eana garbat und eanane liada und rhythmen glernt. Afrikana san wia olle menschn, aussa sie san hungrig aba olle menschn san andas wenns hungrig san.

Mia kennan nua vatriebene, gfoitate, betrogene, vergewaltigte, sterilisierte, vaschleppte und kranke afrikana. Des warns ned bei uns weils bei uns dazua gheat ham und sie san koam zua last gfoin. Sie ham gern garbat und gsunga und es war a grosse bereicherung füa uns das ma so mit eana lem ham kinna und derfa. I konn mi nu an mein letztn urlaub auf jamaica erinnan, es war a abschieds urlaub im frühjahr 96. I hob mi imma so hingezogn gfühlt zu eana aba sie ham ma koa schos gem. Sie warn de söibm rassistn wia de weissn, genau so unversöhnlich und gierig. Sie ham unschuldige zu schuldige gmacht und ham se wia mia weissn genauso gegenseitig umbrocht und denunziert. I hob gwußt das i nimma kemma brauch in des land, weil i erkannt hob das i bloß do wo i hi kea wos vaändan kon und do hob i ned heagheat.

I hob gwußt das ma nia briada und schwestan sei wern und wenn i wo ned gern gesehn bin dann geh i do nimma hi. Iaz leb i seit so langa zeit mit eana und bin ma bewußt das i mi deischt hob. Iaz woaß i das ma olle a familie sei kinnan, schwarz und weiß, rot und göib. Aba es derf koana hungan.

Unsa dorf is afrika worn und mia olle afrikana.

Braun und erdfarbm.

Seit dreiazwanzg johr is koa kind mehr auf d wöid kemma und i bin iaz achtatachzge und geh jedn dog umme aufn friedhof und freind mi mit meim bam o. I hob man söiba ausgsucht, a scheena ahorn und i hoff das i im herbst sterm derf wenn a grea, göib und roud is. Vor dreiazwanzg johr is de letzte geburt gwesn bei uns und es lem nu zwoahundatachzehn menschn im dorf. De wöit hoit an atem o und woand. Seit sechzehn johr bin i nimma draußn gwen und i hobs ned ois valust empfundn. Schod das i ned dabei sei derf wenn da letzte geht, so in 70 uda 80 johr. Imma nu erzöi i gschichtn und mei öitasta, da robert, wohnt mit seina frau wieda bei uns. In weissbach san nu dreiazwanzg heisa bewohnt und mia wohnan olle ziemlich nah beinand. I woit einfach ned aussa aus dem haus in dem so vui erinnerungen san, scheene und schlechte. I bin do hearin aufgwachsn und hobs zu meim afrika gmacht und i woit oiwei in afrika sterm. I woaß das i ma koane sorgn macha muaß bis zum schluss und ned alloa sei werd. I hob vui glück ghabt in meim lem.

Imma nu kemman leid von draussn eina und sie erzöin uns gschichtn aba iaz bin i unta de zuhöara und schüttlt wia olle andan an kopf, weil is gorned glaum kon. Sie redn von schwarzn ozeanen de jedn dog 1000e von leichn an an schlammvakrustetn strand spühln. Kloane kinda san mörda und bringan eanane eigenen öitan um. Pflanznfressa wern zu fleischfressa gmacht und fleischfressa zu kannibalen.

Mütta fressn eanane neugeboanen kinda auf oda schmeißns in plastiktütn eigwicklt, lebendig auf n müll. Massngräba wern von schubraubm zuagschütt und oide männa machan kinda kinda. De luft is schwar zum atmen und schuldige hängan an de bam.

Sie woitn ois im griff hom und ham se zu göttan erhom und dadurch eana eigenes todesurteil ausgsprocha. Sie woitn de wöit vaändan und wia sa se ned vaändan lassn hod, ham ses einfach umbrocht.

1994

I sitz voam richta und soi erklärn an wos i glaub. Wia kon ma an glaum erklärn.

Des ham scho so vui probiert und es is nix dabei rauskemma, aussa kriag. I kon ned wos eakläan wos i eana ned voastöin kon oda zoagn oda mitbringa. Sie miassatn ma mein glaum einfach bloß glaum aba sie kinnans ned wos doch söiba an nix glaum. I sitz voa lauta ungläubige und soi ma von dene mein glaum erlaum lassn. Sie sogn sie glaum an gott und san richta wos doch eigentlich glaum miassatn, daß bloß oan richta gibt.

Sie san bestrafa aba koane richta.

Sie san menschn wie olle menschn auf deara wöit, mit dem oan untaschied dass bessa warn in da schui und mit eanam lem oda eanana zeit sowenig ofanga ham kinna, das ganze biacha mit paragrafn auswendig glernt ham, de irgend a andara, dems genau so langweilig war, gschriem hod. I soi fünf katolische richta mein glaum erklärn und mia von eana erlaum lassn das i a Rasta sei derf.

Wos is a Rasta ? Wia soi i des erkläan?

An richta konn ma erkläan und an metzga, do is natüalich koa grossa untaschied, aba Rasta konn ma ned erklärn. I bin in den gerichtsaal eine kemma und sie ham doch gsegn das i a Rasta bin. Warum ham s ned aufpasst. Warum hams ma ned in d augn gschaut. Weils nix damit ofanga ham kina ham ses ois arroganz und stuaheit ob do und ham gerichtet. Bei olle andan religionen kon ma erklärn und nochlesn, do kon ma eitrettn und des kon ma ab an bestimmtn oita wern. Sie werd vaerbt oda sie sans unta zwang. Mei vodda war katholisch, mei muadda war katolisch und i wars automatisch a. Aba des geht hoit grod ned bei Rasta a wenn des so praktiziert wird. So sitz i do voa fünf irdische richta und i woas das in 5 oda 10 johr in pension gehn und erwart von eana das i recht kriag. Im grunde genommen gehts ned um mei religion oda mein glaum es geht um an hanf. Es geht darum dass mia ned erlaum woin das i an hanf ganz legal rauch, obwoi i a rasta bin.Weil sie sogn dann kannt ja a jeda behauptn er is a rasta.

I frog mi wirklich obs ned wos wichtigas gibt ois a boor bresl gros. I kannt a auf den hanf vazichtn und war trotzdem nu a Rasta. I bin ois des wos i heit bin auf d wöit kemma und deswegn stehts ma zua das i an hanf rauch und obau, so wias de christn oda katolikn zuasteht, dass do gor koa bluad sauffan sondan an wein.

Na höift nix, i muaßn eana erkläan, mein glaum und fünfazwanzg schornaliestn wartn trauf dass a gaude gibt. Und i hob vasagt an dem dog und de fünfazwanzg schornaliestn ham eana gaude ghabt.

I hob erst durch zufall mit sexazwanzg s grosraucha ogfangt und damois hob i wirklich gros graucht. Mehra war des ned. Aba wos komischs is passiert mit mia. I hob mein erstn joint graucht und hob auf de wirkung gwart. Und i hob gwart und gwart und gwart und wos soi i sogn, i hobs wartn glernt. Ja i hob durchs gros raucha s wartn glernt. Es hod nix meha pressiert und doch is ois zu seina zeit fertig worn.

Des is Rasta.

I hob plötzlich wartn kinna. Des derf ma iaz ned vawechsln mit kiffn. A kiffa der wart a aba der macht nix fertig der fangt ois bloß o. I hob plöztlich wartn kinna. Aba manchmoi do konnst as einfach nimma dawartn und dann host an fehlstart und du muaßt zruck geh sonst kimmst ned ans ziel. Du derfst dann ned weida laffa sonst vaschwendst dei ganze kraft und dia bleibt nix fürn zwoatn vasuch. Und des in berlin, des war a fehlstart und i bin zruck in de startlöcha und ned weidaglaffa und hob gwart. I hob mi auf eana spui eilassn und nach eanane regln mitgspuit. I hob antwortn gem auf eanane fragn und hob mei religion erklärt aba sie ham vom öffentlichn interesse gred und von eanane gesetze und i hobs thema vafehlt.

Hinsetzen das war eine 6.

I hobs obettlt um hilfe aba es war umsonst. I häd erkenna miaßn dass feiglinge san, de do nua eana zeit ob sitzn, wias a pföatna a duad. Aba am pföatna brauch i wenigstens nix erklärn. I häd erkenna miassn das angst um eana berufliche laufbahn ham und dass bestechlich und korrupt san.

Wenn oana angst hod, das a in fuchzehn johr zwoahundat mark weniga pension kriagt, dann is a korrupt und bestechlich. Wia hob i glaum kinna das in am land, des von feiglingen regiert werd, de richta, de von dene feiglinge zoit wern, mutiga san. Wia kon i mi nua a so deischn wia hob i nua vagessn kinna das kriag is auf dera wöid. Aba i hobs wartn glernt und so warte auf den nächstn start und i woaß das i gwinn. I woaß deswegn so genau das i gwinn, weil i mea glück hob ois sie. Weil i des glück hob, das i ois des scho bin, wos sie sich a mit fünfhundat mark mea pension ned dakaffa kinnan.

Rasta.

I woaß das es ohne sie schaff aba ohne mi gabats sie ned. Manchmoi stöi i ma voa in ganz deitschland wurad oan oanzign monat koane staftatn begangen. Oan monat ned foisch parkn und ned zschnöi fahrn, koane verkehrsdelikte und ladndiebstähle, koane einbrüche und gewalttatn, koane raubübafälle, koane schlägarein und misshandlungen, nix, koane obbrochan antenen und koa nötigung, nix, nix, nix, es passiert einfach nix oan monat lang. O mann wahrscheinlich brachtns a gesetz raus in dem steht das a jeda deitscha wenigstns oamoi in da woch a staftat nochweisn muaß, sonst muaß a tausend mark strafe zoin.

Wia soi i soiche leid mei glaum erklärn, wo sie doch an garnix glaum. Mi dad intaressiern obs in da heitign zeit noamai oana glaum dadn, dass a kind vom heilign geist hod. Warscheinlich san 1000e von kinda in frauenirrnanstaltn auf d wöid kemma, de olle seine söhne warn. Wia soi i soiche menschn mein glaum erklärn. Sie sitzn do und i woaß genau das mein pullova oschaun und meine schua und ned in meine augn. Sie segn meine hoor und mein bart und i kenn eana urteil. I bin sicha sie hättn andas geurteilt wenns den mut ghabt hättn dass sa se de augn vabindn und nua hean wos i sog. I bin sicha sie hättn andas geurteilt wenn sa se de mühe gmacht hättn dass bei mia vorbei schaun und segn wia i wohn. I bin sicha sie hättn andas geurteilt wenns oamoi mit uns zu abend gessn hättn. I bin sicha sie hättn andas geurteilt wenns mein dialekt ois mei sprache anerkannt hättn.

Aba übaroi war kriag und do hod ma ned gschaut wia oana lebt, isst oda spricht, na do hod ma gschaut wos oana o hod und gschossn oda ned. Und sie ham auf mi gschossn. Aba es is ma nix passiert. Da hanf is trotzdem weidagwachsn und i wart.

Es war scho lustig wias mi gfrogt ham, obs denn in meim glaum a a paradies gibt. I hob de wichtigkeit von deara frage ned vastandn und hob gmoand sie machan an scherz. Wos soist iaz do sogn drauf?

Freilich hob i gsogt aba i konns hoid ned beweisn weil i koan kenn der scho amoi dort war. Ja wia denn des paradies ausschaut woitns wissn. Des is a ganz a grousse gärtnarei, hob i gsogt und do bauns bloß hanf o und wenn mia sterm dann wer ma olle gärtna und miaßn gros obaun.

Imma?

Jah oiwe I

Ja des hod eana gfoin de fünfazwanzg deppm und sie san auf eanane kostn kemma. Und i hob eana spui mit gspuit. Na an dem dog hob i an fehlstart ghabt und ned erkläarn kina das Rasta eifach respekt is.

Respekt voa gott und dene vaträge de ma mit eam gmacht hod.

Rasta des is nix nema wos da ned zuasteht und aufananda aufpassn.

Rasta des is 30 johr zruckriacha kinna und ned vagessn.

Rasta des is imma an an friedn glaum und ziele hom.

Wer koane ziele hod glaubt an nix.

Rasta des is sauba sei an seim dog und weil koa rasta sein dog kennt, is a imma sauba.

Rasta is des wissn um dei herkunft. Rasta war des erste auf deara wöid und Rasta werd des letzte sei auf deara wöid, wos in a gemeinsamen sprache gsprocha werd.

Jah Rastafar I

I und I Imma?

Jah oiwe I

Mia feian jeds johr bloß oa wirklich groß fest und do lod ma a oiwei de von draußn ei dazua. Mia feian scho voi und gern aba des fest is des gräßte und füa uns a des wichtigst. Mia dadn jeds andare fest valegn oda a drauf vazichtn aba ned auf des. Mia feian weihnachtn a ned am 24.12. sondan am 11. oktoba weil do de geburt vom letztn kind war und mia ham uns gfreit das des desmoi a diandl war. Ja des fest is des wichtigste._Mia feian unsan: rück kauf marzoll tog am 2. februar und lodn imma olle dazua ei. Olle hausdian san auf und mia kochan im frein. Manchmoi is scho saukoid aba mia tanzn und singan und de schwarzn sklavn ziagn eanane weissn erobara an eisnkettn durchs dorf und de blechmusi spuit dazua. Aba zum schluss tanzn olle mitanand, de sklavn und de erobara, de von drausst und de von herinn, de oidn und de junga und es friat koana mea.

Aba nu wos hama an dem 2. februar 2006 gsogt das ma machan. Mia ham olle uhrn steh bleim lassn und de zeit aufm kirchturm zogt vier minutn nach hoibe neine o. Do is des letzte poliziauto an da schwarzbacha grenz umdraht und üba d autobahn nach reichahoi gfahn und ned durch unsa land. Olle uhrn bei uns im dorf, vui san eh nimma do, zoagn de söibe zeit o.

Imma?

Jah oiwe I.

Mia ham uns obgwöhnt das ma unsare tage zerstückln und hams eiteilt in voamittog, nachmittog und nacht. Füa uns is da dog oganga wenn d sonn auf ganga is und er war vorbei wenns untaganga is. Des hoasst ned das ma eifach ois do ham wann ma lust ghabt ham und wenns uns ned gfreit hod hamas ned do, na des hoasst des ned.

Du konnst s gros oda an hopfn oda de äpfen ned dann oberntn wannst du lust host. Mia ham uns an ihre termine ghoitn und sie hod uns urlaub gem oda arbatn lassn. De wöid, des stückl land auf dem mia glebt ham, war unsa uhr und da frühaufsteha hot de kia gmoicha und da spädaufsteha hot d laternen ozünt. Und jeda hod zu seina zeit wos do und mia san oiwei termingerecht fertig worn. Im urlaub do hamma gwart. Jedes lebewesn auf deara wöit hot termine, obs de gnus in afrika san oda de schof am vuadaheiberg, ois hod seine termine und i hob nia vastandn, wias an bam umschnein kinna ham im herbst, wo a doch im frühjahr an termin hod. Do muaßa blattln kriagn und de luft sauba hoitn. Ja ois hod termine und mia ham uns an unsare ghoitn. Es hot jahre dauat bis ma uns des, wia spät werdsn sei, obgwöhnt ham und ogfangt ham das ma sogn, i kimm wenn da regn aufheat, oda da disch is im herbst fertig. Mia ham des zeitgefühl füa stundn und minutn nimma braucht, es hod glangt das ma sogn, nachan oda glei. Es hod scho nu morgn oda übamorgn gem, des hod ja ned aufgheat mim zeit steh bleim aba mia ham nimma nach minutn und stundn glebt. Wia oft hob i mi gärgat wennst ausgmacht host um 3 is wos und um zwanzg noch drei wars erst. I hob unpünktlichkeit ghasst und i hass s heit nu. I bin stocksaua wenn oana zu mia sogt er kimmt am nachmittog und er kimmt erst auf d nacht wobei ma de jahreszeit berücksichtign. Nachmittog is noch mittog und geht nach unsara zeitrechnung a noch mittog o und auf d nacht do is scho dunkl. In da nacht schlaf i und auf d nacht do bin i nu wach. Wenn oana zu mia sogt das a am nachmittog kimmt, hoast des ned das i do iaz sitz und wart bis a kimmt, sondan es hoaßt das i woaß, das a kimmt und wenn i grod ned do bin wenn a kimmt dann kim i nachan glei und des nachan glei san ned oanahoib dog, sondan des bedeit das as dawartn konn. Und so hob i mi bis iaz mit jedn nu troffa mit dem i wos ausgmacht hob. Mia ham mit dem obstöin von de uhrn wieda ogfangt, das ma ausdrückn und unsa sprach oda bestimmt worte betonen, mia ham wida an dialekt gred und ham uns wieda vastandn. Glei und glei is ned gleich und iaz glei oda nachan glei des derfst ned vawechsln, sonst bist oft schlecht drauf und i konn mi gornimma dro erinnan wann i des letzte moi schlecht drauf war. Mia ham unsare termine eighoitn und koana war uns mea bäs. Sie san in unsa dorf kemma und mia ham uns auf sie gfreit und mit eana glacht und gschwiegn, sie san in unsare heisa gsessn und koana hod gsogt, iaz werds fei dann zeit, sie ham mit unsare kinda gspuit und mit unsare fraun tanzt, sie ham mit uns gessn und trunga und wiases gfroan hod, do hamma eana de dian aufgmacht und hams eina lassn. Sie ham gsegn das ma auf nix vazichtn miassn ham und das ma meah ham ois oiss göid auf dera wöit wert is. Mia ham nimma auf d uhr schaun miaßn und dadurch hamma unsa oita vagessn. Es hod bloß nu drüm gem und herüm, draußt und drinn. Mia warn endlich drinn.

Mia san draußt vom koidn eine ganga ins warme aba mia ham de dian ned zuagsperrt hinta uns. Mia warn endlich dahoam. Ja mia warn endlich dahoam aba de dian hamma nimma zuasperrn braucha.

Unsa lem is oa dog im universum und do gibts a in da fria und a auf d nacht. Do gibts an vormittog und an nachmittog, a mittog und a nacht und wenn ma irgendwann amoi nimma dabei sitzn und mitredn kinnan, dann is nacht worn. In da fria samma auf d wöit kemma und am nachmittog war ma scho grauhoorat. Es hot de sonn gscheint an dem dog den mia glebt ham und es hod woikn gem, es war noß und es war koid an dem dog, es is hell gwen und am ende dunkl worn. Aba i hob ned vagessn das de sonn imma scheint, a wenn es grod ned sig.

Imma
Jah oiwe I

Morgn kimmt de nächste genaration und übamorgn de nach ihra.

Sie wern vageh und kemma.
Aba de sonn scheint imma.

I bin iaz 93 und i hob den ganzn somma bloß ghofft, das boid herbst werd. I hobs im frühjahr scho gmerkt und i hob den ganzn somma abschied gnumma. I war komischerweise ned traurig. I hob ma oiwei denkt traurig werd i scho sei wenns so weit is, aba i hob koa traurigkeit empfundn. Mei termin, mei ganz eigena termin is kemma und i bin zur rechtn zeit fertig worn. I woit oiwei im herbst oda winta sterm und iaz hads auf de berg gschniem, füa mi, das i woaß daß herbst is. I war jedn dog bei meim bam und iaz frei i mi richtig auf eam. I hob den dog mit meine kinda und meina fraun vabrocht und iaz sitz ma olle auf da terras und wartn auf mein sonnenuntagang. I schau ned zruck auf mei vagangenes lem, i schau viare zu meim neia. I hob fui mea glück ghabt in dem lem ois i braucht hob, füa de kurze zeit des dauat hod aba vieleicht war ma grod deswegn koana neidisch. I hob ma nia wos gnumma und hob ois kriagt. I woas daß traurig san weil i morgn nimma an eanam disch sitzn werd, i sig eanane tränen obalaffa und wos konn scheena sei ois des bewußtsein, dasst woaßt dasst gliebt worn bist. Mia sitzn do und wartn aufn sonnenuntergang und brauchan nix mea redn in irgend a sprache, mia schaun uns bloß o.

De nächstn dog werds koid werdn und vieleicht schneibts sogor, es is a guade zeit zum geh. Mia schaun uns in d augn und sogn uns in gedankn nuamoi ois wos ma uns gsogt ham im lem und mia brauchan uns füa nix entschuldign oda schamma. I konn fertig macha und des scheenste is, i konn söibst entscheidn das heit is. I dat wahrscheinlich nu zwoa oda drei wocha lem oda länga und es is a ned so das i sterbats krank bin, na i fühl mi sogor wohl aba i woaß das des heit mei sonnenuntergang is und i hob ma voagnumma, das i ned mit eam handlt. I bin aufgstandn wia wenn i unta drogn steh dat, wia de sonn weg war und sie san sitzn bliem. I bin aufgstandn wia wenn i glei wieda kemma dad, mit dem oanzign untaschied, das i mi untam weggeh nu amoi umdraht hob, weil i gwußt hob das is mit dene augn nimma segn werd.

I hob mei bündl gnumma und bin umme auf marzoi zu meim ahorn und de blattln war roud, göib und grea. I bin auffegstiegn zu meim bett, des ma meine buam baut ham und einegrocha in den fellsoog, den ma mei frau gnaht hod und hob mi zum schlaffa higlegt und bin eigschlaffa mit dem gedankn daß imma scheina werd.

A wenn is nimma sig.

Imma. Jah Rastafar I

Oiwe I

Ihre adan warn laa und iha herz hod se schmerzhaft vakrampft wias nix mea zum durchpumpm gem hod. Da letzte schlog war a zuckn und dann ham se olle muskln entspannt. Ia gehirn hot nu glebt, wias ihan doudn köapa mit da kettnsog vom schwanz bis zum schädl, am rückrad entlang durchgschnien ham und hod vasuacht, daß sa se an den sonnenuntagang von gestan erinnat. An irgendoan sonnenuntagang. Aba es warn koane erinnerungen mea do, de hams grod mim schlauch vom hänga obagspritzt. Am nächstn dog ham sa se olle eana scheens gwand ozogn und san in de kirch ganga und ham gsunga und bet und den dog drauf wars wieda montog.

Am 19. dezemba 2108 is in da zeitung gstandn, das da letzte könig gstorm is von deara wöit.

Er hod sei reich valassn in dem ois sauba und zammgrammt war und hod se aufn hoamweg gmacht. Er war da oanzige der se aufn weg nach südn gmacht hod und an am scheena klarn dog is a am meer okemma und ausse gschwumma zu seine briada und schwestern. Aba er hod koan troffa von eana.

Koan wal hods mea gem.

Eines tages samma olle voa eam gstandn und er war gerührt und de tränen sa eam obaglaffa und in tropfn am kinn baumlt.

Er hod gread weil a se gschammt hod und erkannt hod das ma olle seine kinda warn.
So sama durch unsa geh worn, wos ma mit bleim nia wern hättn kinna.
Vätta und mütta Söhne und töchta.
Jah Rastafar I
Gott
Afrika
Mia warn de erstn.

2208, zum hundadst'n Todesdog vom letztn König, is de Gemeinde Marzoll zum Burgermoasda von Reichahoi zur Gedenkstätte ernannt worn und für olle Besucher g'sperrt worn. De Naur derf se wieder zruck hoin wos ihr eh scho gheat hod.

Ich habe das alles langsam geschrieben
darum sollte man es langsam lesen.

ÜBERALL IST KRIEG

Er kam herein und hat dieses Flimmern mit sich gebracht und jede hat gespürt, daß etwas nicht stimmte. Acht Köpfe hoben sich und jede wußte, wer an der Reihe war.

Sie war dran – und die anderen sieben haben weitergegessen und versucht, ihre Köpfe ganz tief in den Futtertrog zu stecken. Nur sie brachte keinen Bissen mehr runter. Es war ein Montag. Ja, es muß ein Montag gewesen sein, denn es war der Tag nach dem Tag, an dem sich alle ihre schöne Kleidung anziehen und die Glocken den ganzen Tag läuten.

Und dieses Flimmern wurde stärker an diesem Montag.

Die Luft war erfüllt davon.

Die anderen haben weiter gegessen, denn sie alle wußten, daß es allein ihr Tag war und daß sie nicht dran waren. Sie aber stand da und fing zu weinen an.

Die Sonne ist grade aufgegangen an diesem Montag und sie wußte, sie würde sie heute nicht mehr untergehen sehen.

Sie hat oder hätte dieses Gefühl nicht beschreiben können; sie hatte es immer nur am Rand mitbekommen, wenn es für andere vor ihr Montag geworden war. Aber heute war es ihr Montag und sie war überwältigt von diesem Flimmern in der Luft.

Sie wußte, daß sie die Sonne heute nicht mehr untergehen sieht. Und wenn du das irgendwann weißt, mein Freund, dann weißt du auch, daß es nichts mehr dazu zu lernen gibt. Dann weißt du, daß deine Zeit vorbei ist. Ich bin mir sicher, wenn ihr in dem Moment irgendjemand in die Augen geschaut hätte, dann hätte er aus jedem Scheißtag einen Sonntag gemacht, und weil sie dann jeden Tag ihre schöne Kleidung getragen und an allen Tagen die Glocken läuten gehört hätten, hätte wegen ihnen nie wieder ein Montag kommen müssen.

Aber es hat ihr niemand in die Augen geschaut, selbst er nicht, als er die Tür aufgemacht hat. Nicht einmal er schaute zu ihr hin und eben deshalb, weil er nicht hinschaute, wurde aus einem ganz normalen Tag ihr Montag.

Dieses Flimmern wurde stärker – und es wurde unerträglich, als die Stalltür aufgerissen wurde und zwei Fremde herein kamen. Stellen wir uns einfach einmal vor, sie hätte denken können, so wie wir, und genau so fühlen und sehen.

Ich weiß ja nicht, ob sie das schon einmal erforscht haben, wie eine Kuh denkt, fühlt oder sieht. Aber wahrscheinlich nicht. Sonst würden sie doch das alles nicht mit ihnen machen, was sie machen. Aber heute, jetzt, hier, stellen wir uns ganz kurz vor, sie hätte denken können. Was hätte sie wohl gedacht? Was?

Ich glaube, sie hätte sich dasselbe gedacht wie wir, wie ich, ein bißchen noch, ein bißchen noch da bleiben dürfen. Wo sie alles gekannt hat, jeden Baum, jeden Vogel, ja sogar die Blumen, das Schreien der Kinder und die Leute, die jeden Tag zum Milch holen kamen, das Streicheln und das Kraulen.

Ja, sie wollte einfach noch ein bißchen da bleiben. Sie hat gefroren, wo es gestern noch so warm war, und sie war allein, wo es gestern noch keine Einsamkeit gab.

Warum hat ihr keiner in die Augen geschaut und aus allen Scheißtagen Sonntage gemacht?

Warum konnten wir ihr das nicht zugestehen, daß sie genau so sieht wie wir?

Und denkt und fühlt.

Plötzlich knickten ihre Hinterläufe ein und ein unsagbarer Schmerz drückte ihr die Tränen in die Augen.

Heute war ein besonderer Tag für mich, ich bekam meine Schuhe. Ich trage meine alten schon auch noch, aber diese Schuhe hat mein Sohn gemacht. Ja, mein Sohn ist Schuster geworden.

Ich sitze unter seinem Baum und sehe zweiunddreißig Jahre über mir in den Himmel aufragen. Vor zweiunddreißig Jahren habe ich ihn einpflanzen lassen, da war er schon fünfunddreißig und zehn Meter hoch. Ich habe mich so hingesetzt, daß ich alle seine Brüder im Auge habe; der Dustin hat eine Tanne und der Robert eine Rotbuche, und ich erinnere mich an jeden Ast, der dazu gewachsen ist und kenne jeden Quadratzentimeter Rinde. Manchmal glaube ich sogar, daß ich die Vögel und ihre Kinder kenne.

Ich sitze da und schaue zweiunddreißig Jahre zurück und der einzige Kontakt zur Außenwelt sind die weißen Streifen am Himmel, die mich wissen lassen, daß sie noch immer nicht loslassen können. Ich bin jetzt dreiundsiebzig, und seit zweiundzwanzig Jahren ist in der Gemeinde Marzoll kein Kind mehr auf die Welt gekommen und es wohnen noch sechshundert und zwölf Menschen hier. Die Häuser, in denen keiner mehr wohnt, haben wir zurückgegeben und offen gelassen, und wir können zusehen wie sich die Natur alles zurück nimmt, Stück für Stück. Vögel haben ihre Nester in Wohnzimmer gebaut und Baumkronen haben sich durch Dächer gedrückt. Seit zweiundzwanzig Jahren ist bei uns kein Kind mehr auf die Welt gekommen und so sind unsere Kinder immer Kinder geblieben für uns, und wir haben ihnen versprochen, daß wir später ihre Kinder werden. Dann dürfen sie uns füttern und den Hintern wischen, und sie nehmen unsere Hände und führen uns über die Straße, wenn wir zum Kindergeburtstag von einem Freund gehen. Wir haben uns dazu entschieden, daß wir aussterben und wir haben auch entschieden, wann wir aussterben.

Mein Gott, war das ein Wahnsinn, die ersten acht, neun Jahre, bis sie merkten, daß wir wirklich nur das Dorf wollten und nicht die ganze Welt.

Mein Gott, war das ein Wahnsinn.

Menschen wurden verfolgt, geschlagen, eingesperrt und ermordet – weil eine Straße gesperrt wurde. Wir konnten unsere Kinder nicht mehr auf die Straße lassen, weil wir Angst hatten, daß sie nicht mehr nach Hause kommen, weil sie einen Umweg von vier Kilometern fahren mußten.

Vergewaltigt und geplündert haben sie.

Dabei wollten wir doch nur das Dorf und nicht die ganze Welt. Eines Tages haben wir uns losgesagt von euch da draußen und haben uns genommen, was uns gehört. Die Welt. Ja, sie gehört uns und nicht euch oder ihm oder ihr – uns gehört sie, und wir haben endlich damit angefangen, auf ihr zu leben. Und wir lebten nach unseren Regeln und nicht nach euren. Wir ließen keinen mehr ins Dorf, der nicht bereit war, alles herzugeben, weil er von uns alles bekam. Nach ein paar Jahren gab es keine Autos mehr, keine Fernseher, keine Toaster, keine Föhne und Trockenhauben; die Kartoffeln wachsen nicht besser, wenn ich sie an einem Tag einsetze, an dem ich mir die Haare geföhnt habe. Wir wollten einfach nichts mehr haben, wir wollten wieder einmal etwas bekommen. Und wir haben alles bekommen. Und wir bekamen unseren eigenen Strom und unser eigenes Wasser. Und haben uns entschlossen, uns nicht mehr zu vermehren bis wir es im Griff haben, und dadurch wurden wir unerpressbar und mutig.

Wir bekamen wieder ein Gewissen und einen Stolz.

Jah genau he!

Ich habe einen Vertrag geschlossen.

Ja, ich habe einen Vertrag mit ihm gemacht und beide haben wir unterschrieben. Ich in meiner Handschrift und er in seiner. Ich glaube, es war ein Montag, als ich hinaufstieg und meinen Farn gießen wollte. Ich nahm die Gießkanne und stieg über die Balken im ersten Stock und in dem Moment, als ich die Gießkanne mit zwei Händen nehmen wollte, hat er unterschrieben und mir eine Watschen gegeben und ich fiel mit dem Kopf voraus zwischen den Balken durch auf die Werkbank aus Eiche von meinem Opa, die vier Meter weiter unten stand.

Im ersten Moment wußte ich nicht, was los ist, bis ich das Blut sah, das auf den Teppich tropfte und mir warm über die Brust lief.

Langsam wurde mir klar, daß ich doch gerade noch da oben war, und jetzt stand ich da und blutete.

Ja, dann muß ich runtergefallen sein.

Er hat unterschrieben und mich ganz bewußt nicht sterben lassen. Ich sah die zwei Mikrofonständer neben mir stehen und wußte es. Ich drückte die rechte Hand an meinen Hinterkopf und das Blut lief mir zwischen den Fingern durch. Mir war ein bißchen schwindlig, und dann ging ich zum Telefon und rief meine Frau an, und dann erst einen Krankenwagen. Ich machte alle Türen auf, legte mich in den Hausgang und wartete auf den Notarzt. Ich war ganz klar im Kopf – und dann durfte ich etwas sehen, was nicht viele Menschen sehen dürfen, wenn sie danach noch weiterleben.

Ich durfte in meine Augen schauen, und ich sah, daß es dieselben Augen waren, daß es solche Augen waren. Ich durfte mich sehen, wie ich da lag mit dem Bewußtsein, sterben zu müssen, und ich sah in meinen Augen genau dasselbe, was ich in ihren gesehen habe. Ich fühlte dasselbe und dachte dasselbe.

Ich wollte einfach noch nicht sterben.

Ich wollte noch ein bißchen dableiben bei meinen Kindern, in unserem Garten, mit unseren Bäumen und den Vögeln, die wir alle kannten. Ich wollte einfach nicht sterben. Nicht weil ich davor Angst gehabt hätte, nein, sondern weil ich wußte, daß ich noch nicht fertig bin und deshalb noch einmal auf die Welt kommen muß. Ich wollte einfach fertig werden und nicht mehr zurückkommen müssen. Aber ganz egal, was ich wollte, ich hatte es in dem Moment nicht mehr in der Hand und mußte ihn entscheiden lassen, was aus mir werden sollte.

Er hätte mich sterben lassen können und nichts auf der Welt hätte sich geändert. Alles wäre so weitergegangen wie immer. Der Regen, die Sonne, Winter, Frühling, der Wind, auf die Welt kommen und sterben. Nichts hätte sich geändert.

Aber wofür hätte er mich dann meine Augen sehen lassen, wofür dieses Bewußtsein.

Drüben bei ihm brauche ich kein Bewußtsein und keine Augen. Nein, er ließ mich leben mit der Erinnerung an meine Augen und dem Wissen, daß er allmächtig ist und daß das seine Art ist, einen Vertrag zu unterschreiben. In dem Vertrag standen ein paar Regeln, an die ich mich augenblicklich gehalten habe.

In dem Vertrag stand, daß ich mir nie wieder anmaßen werde zu glauben, ich sei was Besseres als irgendein anderes Lebewesen auf dieser Welt.

In dem Vertrag stand, daß wir füreinander sorgen und aufeinander aufpassen werden; daß wir nichts mehr nehmen, was wir nicht freiwillig bekommen und daß uns nichts zusteht, was wir uns erzwingen müssen; daß wir uns bedanken für alles, was wir bekommen. Damit wir wieder in Frieden und Ruhe auf dieser Welt leben und nicht gegen sie.

In dem Vertrag stand, daß alles alt werden darf auf dieser Welt, in der Werte erst dann wieder etwas gelten, wenn wir keine Sprache mehr brauchen, weil wir uns wieder in die Augen schauen können.

Und dann stand da noch, ich weiß, daß ich nur Gast bin auf dieser Welt und dafür Sorge trage, alles so zu hinterlassen, daß ein anderer nach mir alles übernehmen kann, und wenn es ein Baum übernimmt, dann ohne krank zu werden.

Ja, ein Vertrag, in dem ich die Welt als Gott anerkenne und als die Einzige, die Unterschiede machen darf, weil sie die Unterschiede geschaffen hat.

Ein Vertrag, nach dem ich den wahren Glauben glaube und lebe, nur den einen, und nicht die Wahl habe zwischen dem einen und dem anderen, weil es nur den einen gibt – den einen Glauben, daß ich weiß, daß wir alle Gott sind, weil wir von ihm sind, auf ihm sind und er in uns ist. Den Glauben, daß wir uns nicht lieben müssen, sondern Respekt ausreicht.

Ja, ein Vertrag, in dem es keine Montage mehr gibt, und wir haben immer unsere schöne Kleidung an und sind sauber.

Ich weiß nicht mehr so ganz genau, wie es damals war, als ich auf die Welt kam. Wahrscheinlich war's ein Montag, ich weiß es nicht, aber es könnte einer gewesen sein. Ich kam auf die Welt an einem 24. Dezember und konnte mit dem Datum lange nichts anfangen, außer, daß es immer Weihnachten war und ich dann ein Jahr älter.

Ja, irgendwann kam ich auf die Welt und das erste, was ich spürte war, daß da irgendwas nicht stimmen kann. Am Anfang war's einfach nur ein Unwohlsein, später fand ich dann das richtige Wort dafür.

Krieg.

Ja, es war Krieg, wo ich war, und ich kam mitten in diesem Krieg auf die Welt.

Ich denk jetzt einfach mal, daß ich trotz allem eine Kindheit hatte wie die meisten in meinem Alter in dieser Zeit, ich wurde also nicht mißhandelt oder geschlagen, mußte auch nicht hungern oder in Lumpen herumlaufen. Eigentlich war alles normal und das wäre es auch geblieben, wenn ich nicht weiter gewachsen wäre. Aber ich kam an einem 24. Dezember auf die Welt und deshalb war auch bei mir alles schon festgelegt, ohne daß irgendjemand was hätte ändern können.

Es war Krieg, wo ich war, und ich war nicht allein in diesem Krieg. Ich hatte schon einen Bruder, der eineinhalb Jahre älter war als ich, und am Anfang habe ich wirklich geglaubt, er hätte Schuld an diesem Krieg. Aber dann bin ich weiter gewachsen und erkannte, daß man nicht automatisch durch Geburt schuldig wird.

Ein Schuldiger, der schuld daran ist, daß man jetzt jede Mark zweimal umdrehen muß; daß man nicht einfach einmal nichts tut, nein, jetzt hat was getan werden müssen. Arbeiten, Waschen, Kochen, Spazierengehen, eine größere

Wohnung und Sparen fast bis zum Geiz, Lügen, Lügen, Lügen. Das gibt es nicht, daß man das automatisch wird.

Schuldig.

Man kann ein Schuldiger werden oder ein Beschuldigter, aber man ist nicht von Anfang an schuldig. Denn dann kämen ja keine Menschen auf die Welt, sondern Nazis und Juden und Moslems und Türken und weiß der Teufel, wie man sie alle nennt.

Nein, da kommen Menschen auf die Welt, Lebewesen, zufällig geboren in einem Teil der Welt, zu dem irgendeiner irgendwann Türkei oder Deutschland gesagt hat, wahrscheinlich an einem Montag. Stellen wir uns vor, er hätte die Welt nach seinen Körperteilen benannt, und ich kann mir tatsächlich vorstellen, daß es das Wort Arsch schon vor dem Wort Österreich gegeben hat. Dann wäre Deutschland heute die rechte und Österreich die linke Arschbacke dieser Welt, und genau in der Mitte, wo sie heute Berchtesgaden und Salzburg dazu sagen, wäre das Arschloch, und auf der anderen Seite, wo sie heute Australien dazu sagen, da wäre dann der Schwanz und die Australier wären alle Schwänze.

Oouuu, würden wir sagen, schau hin, da fahren zwei Schwänze vor uns im Lift auf den Obersalzberg hinauf, und sie würden sich umdrehen und nach hinten schreien, hello Arschlöcher, und würden freundlich lachen, it's nice to be here again. Und wir würden nach vorn zu ihnen schreien, yes Schwänze, we are so happy to see you. Nein, wir kommen nicht schuldig auf die Welt, von Anfang an sind wir unschuldig, und mein Bruder war das auch.

Aber es war Krieg und in ihren Augen war er daran schuld, weil er gekommen ist. Und weil er sie gezwungen hat, weiter zu wachsen, sind sie extra nicht gewachsen.

Es war Krieg und er mußte als Grund für alles herhalten, was nicht funktionierte, und es funktionierte nichts in diesem Krieg. In keinem Krieg funktioniert irgendwas.

Wir sind miteinander aufgewachsen, und in all den Jahren, die wir miteinander im Krieg waren, hatte er die Funktion eines Schutzschildes für mich. Er bekam alles ab. Die leichten Verletzungen und die schweren und die unheilbaren – er war immer vor mir. Er war ja der Grund, er war ja schuld, er war der erste, bei mir war's schon egal. Er war schuld. Ich bekam schon auch meine Querschläger ab, aber das ist mit der Zeit alles verheilt. Bei meinem Bruder waren die Verletzungen unheilbar.

Heute sitzt er da und versucht, seine Schuld zu verdrängen, und weil er so mit dem Verdrängen beschäftigt ist, kann er nur noch da sitzen und nichts anderes mehr tun. Ich habe so viel mit ihm geredet und so viel um ihn geweint, aber er ist seinen Verletzungen erlegen und hat aufgegeben.

Er war der Grund dafür, daß zwei Menschen zusammenbleiben mußten, die nur einen kurzen Augenblick von der Ewigkeit wollten und eigentlich nichts anderes als das, und das steht ihnen ja auch zu, und ich bin sicher, daß sie ihn nicht einmal hätten lieben müssen, Respekt hätte ausgereicht, Respekt vor der Unschuld, Respekt vor dem Lebewesen, Respekt vor der Welt und Gott. Nur Respekt hätte es gebraucht, und der Krieg hätte nicht stattgefunden. Sie hätten einen respektvollen Weg suchen und finden müssen, um meinen Bruder aus ihrem Krieg rauszuhalten.

Respekt hätte die Konsequenz bedeutet, daß sie sich nach der Geburt meines Bruders sterilisieren lassen, und damit wäre dieser Familie viel Leid erspart geblieben. Aber sie entschieden sich für Krieg, und je älter wir wurden, desto heftiger wurde auch der Krieg.

Mein Opa, meine Oma, meine Tanten und Onkel, Cousinen, wir alle waren im Krieg und jeder schaute, daß er irgendwie heil rauskommt. Wir waren immer noch bloß kleine Kinder und schuldlos; schuldig wurden wir erst viel später.

Mein Bruder war ein kleiner Bub, der nichts anderes wollte als nicht frieren und nicht hungern; der in den Arm genommen werden wollte und zu dem man, wenn er sich wehgetan hat, sagt, das wird schon wieder. Er war ein kleiner Bub, der nicht an allem schuld sein wollte, er wollte sich an jemanden hinkuscheln können und wissen, daß jemand auf ihn achtet. Er war ein kleiner Bub und unschuldig, und an dem Tag, an dem sie ihm den Kopf heruntergeschossen haben, war die ganze Welt schuld daran, daß sie wieder einen Sohn Gottes ans Kreuz nagelten.

Ja, ich kann mich noch genau erinnern, wie sie ihm den Kopf heruntergeschossen haben und mir läuft es kalt den Rücken runter, wenn ich daran denke. Wenn ich alte Fotos aus der Zeit ansehe, dann fallen mir seine Augen auf, und ich sehe, daß es genau dieselben sind wie die von ihr.

Es war ein schöner Wintertag und es schneite und schneite und schneite. Ich glaube, es waren Ferien und wir durften draußen bleiben in unserer Schneeburg.

Es war schon finster. Wir waren kleine Buben und Mädchen, die für kurze Zeit nicht an den Krieg dachten und so glücklich waren, wie Kinder sein sollen. Wir spielten und lachten miteinander und hatten vergessen, daß wir Schuldige waren.

Mein Opa kommt aus der Haustür, weil er auf's Klo gehen wollte.

Das Klo war damals außerhalb vom Haus, es wurde erst später üblich, daß man in die Häuser scheißt. Mein Opa kommt heraus und wir alle bombardierten ihn natürlich gleich mit Schneebällen und er hat sogar noch ein paar zurück geschmissen.

O Gott, kein Krieg, keine Schuld, keinen Grund gab es dafür, wir wollten einfach nur Kinder sein, lustig, frech, und haben gelacht und geschmissen.

Aber es war Krieg und urplötzlich explodierte eine Bombe, die meinem Bruder den Kopf abriß. Irgendeiner von uns traf meinen Opa im Gesicht und die Brille war hin, und wer sonst als mein Bruder hätte die Rolle des Schuldigen übernehmen können. Wir alle, jeder von uns hätte es sein können – aber mein Opa packt eine Schneeschaufel und läuft schreiend auf meinen Bruder zu, und ich weiß heute, nach so langer Zeit, daß er ihn erschlagen hätte. Ohne mit der Wimper zu zucken hätte er ihn erschlagen, wie einen Hund. Er hätte ihn umgebracht. Er rennt auf meinen Bruder zu, und ich werde dieses Aufheulen, dieses Schreien, die Angst in seinen Augen, die Hoffnung, daß es diesmal nicht er war, dieses Davonlaufen mit den Armen über dem Kopf und Sich-Verstecken-Müssen, oh Gott, das werde ich nie vergessen, wie er spät in der Nacht heimkam mit einem verrotzten Gesicht. Stundenlang saß meine Mutter im Wohnzimmer am Fenster und wartete auf ihn. Wir haben ihn so lange gesucht, keiner wußte, wo er war. Ich weiß es bis heute nicht. Er kam herein geschlichen, es gab keinen Ausweg. Ich weiß noch, daß er von meiner Mutter nicht geschimpft wurde, aber als ich seine Augen sah, wußte ich, daß er schon auf dem Hänger war und sie auf seinen Gedärmen herumtrampelten.

Mein Bruder hat Todesangst gehabt, und wenn irgendein Lebewesen auf dieser Welt Todesangst gehabt hat, dann war es danach nicht mehr dasselbe.

Mein Bruder hatte Todesangst und meine Mutter verbrachte von dem Tag an über zwanzig Jahre Nacht für Nacht am Wohnzimmerfenster und wartete auf meinen Bruder. Aber er kam nicht mehr.

Heute ist mein Bruder in einem Heim und schwer seelisch behindert, sagt man, und er leert Mülleimer aus, wenn man es ihm sagt, und räumt Kaffeegeschirr ab.

Nein, er muß nicht mehr denken. Er hat seine Ruhe verdient.

Niemand ist ihm böse und ich hoffe, daß er seinen Frieden findet.

Ich sitze am Eßtisch meiner Eltern. Sie haben uns heute zum Essen eingeladen, es gibt Rindsrouladen und Spätzle und Semmelknödel. Erst später hörte ich auf Fleisch zu essen; nachdem ich diesen Vertrag abgeschlossen hatte, durfte, konnte und wollte ich das nicht mehr. Wir essen alle miteinander und sitzen um den Tisch, was eh so selten war in unserem Leben. Meine Schwester ist auch dabei. Ich habe meinen Kleinen auf dem Schoß sitzen und füttere ihn. Wir haben unseren Spaß und sind gut drauf und irgendwann merke ich, daß mein Vater herüberschaut, und für einen kurzen Moment treffen sich unsere Blicke. Wir haben uns nicht oft in die Augen geschaut, mein Vater und ich, aber in dem Moment sah ich in seinen Augen sein ganzes Leben.

Seine Entbehrungen und sein Hoffen, seine Ängste und Wünsche, seine ganze Traurigkeit sah ich und wußte, daß er weiß, daß er noch mal auf die Welt kommen muß, weil er nicht mehr fertig werden kann. Er war siebzig und hatte keine Zeit mehr.

Er wird noch mal kommen müssen, weil ihm zuviel fehlt vom Leben, was nicht heißt, daß er nichts gemacht hat. Ich sah, daß er erkannte, daß ihm das fehlt, einfach nur dasitzen mit seinem Sohn auf dem Schoß und nichts sagen müssen, weil alles paßt. Mit einem kleinen Menschen reden und schmusen, mit ihm ins Bett gehen und sein Atmen hören und das Zucken spüren, wenn der Körper sich entspannt und zu schlafen anfängt.

Ja, ich sehe in seinen Augen, daß er gern Kinder gehabt hätte. Das alles vermißt er und er hat nicht mehr die Zeit, um es nachzuholen. Hätte er sich einmal für uns eingesetzt, einmal auf unserer Seite, Zuhören und Glauben. Wir waren seine Kinder, aber wir waren im Krieg, das hätte ich jetzt fast vergessen, wir waren im Krieg und die Fronten waren aufgeteilt in Wohnzimmer, Küche, Bad, Hausgang, Kinderzimmer und Hof, und jeden Tag verlief die Front woanders, und es ging nur darum, irgendwie durchzukommen.

Ich war ein kleiner Junge, und selbst wenn ich damals gewollt hätte, ich hätte meinem Bruder nicht helfen können. Ich war damit beschäftigt rauszukommen und erkannte früh genug, daß ich das mit Verdrängen nicht schaffe, und so fing ich an einen Traum zu träumen, der mein Leben wurde, und ich habe mir meine eigene Gerechtigkeit erfunden, die ich später mit dem Wort Respekt ausdrückte. Respekt meinen Eltern gegenüber, nicht weil sie meine Eltern, sondern weil sie Menschen waren, Lebewesen, die in ihrer Zeit nicht anders sein konnten, so wie auch ich in meiner Zeit nicht anders war. Der Respekt, daß ich wußte, ich habe ihnen nichts zu verdanken, aber das bißchen, das ich ihnen schulde, muß ich zurückgeben, wenn meine Zeit kommt. Ich werde mich um sie kümmern, wenn sie alt sind, und sie müssen nicht frieren. Es wird ihnen nichts fehlen im Alter und sie müssen keine Angst haben und nicht hungern. Sie waren eine zeitlang meine Eltern und wurden später zu meinen Kindern, so wie alle Menschen auf dieser Welt meine Kinder sind und ich ein Kind aller Menschen bin.

Respekt hieß der Weg, auf dem ich anfing zu gehen, und Respekt hieß der Traum, den ich anfing zu leben – und wenn irgendeiner noch im Krieg ist mit irgendjemandem auf dieser Welt, dann soll er damit Schluß machen und sich mit ihm versöhnen, sonst kann er ihr dieses Bewußtsein nicht zugestehen. Respekt haben heißt nicht, den Mund halten müssen und nicht Nein sagen dürfen; heißt nicht, still sein müssen und sich nicht wehren dürfen; heißt nicht, sich alles gefallen lassen müssen und jedem Streit aus dem Weg gehen.

Streit ist nicht Krieg. In einem Streit gibt es keine Toten und Verletzten, die gibt es nur im Krieg. Ja, so fing ich an, meinen Weg zu gehen und bin irgendwann von daheim ausgezogen, weil ich dachte, daß der Krieg dann für mich vorbei ist, aber da täuschte ich mich schwer.

Überall war Krieg auf dieser Welt, nur eine weitere Front kam dazu, und ich blieb nicht verschont.

Überall war Krieg und als ich erkannte, daß es nicht mein eigener, sondern ein Weltkrieg ist, dachte ich mir, ihr könnt mich doch alle am Arsch lecken, und ich fing an, auf dieser Welt zu leben und ließ meinen Traum Wirklichkeit werden und bin gewachsen.

Ich gewöhnte mir eine Freundlichkeit an, die mich nie vergessen ließ, daß ich immer noch, egal, was gesagt wurde, Grüß Gott und Auf Wiedersehen sagen können muß. Meine Sprache und meinen Dialekt machte ich zu meinen Waffen und nicht ein Mal im Leben wurde ich gewalttätig oder habe geschlagen. Meine Augen beschützten mich davor, daß mir jemand zu nahe kommt, und meine Stimme bekam einen Ausdruck, der nicht mehr zu überhören war. Ich wurde, was ich immer war und als was ich auf die Welt gekommen bin.

Rasta.

Ich wußte, daß ich ewig leben werde, und ewig bedeutet, daß du fertig geworden bist. Ich will jetzt nicht jammern und lamentieren wie schwer der Weg war. Er war nicht schwer, denn es war mein Weg und nur ich konnte auf ihm gehen. Ich konnte auf keinem von euren Wegen gehen. Ich lief eine zeitlang neben euch her, bis die Abzweigung kam und ich meinen Weg fand. Hätte ich nicht erkannt, daß es mein Weg ist, wäre ich immer noch bei euch. Aber weil ich erkannte, daß ich mich an dieser Kreuzung von euch trennen muß, wurde ich „Rasta" und ewig und konnte fertig machen.

Nein, euer Weg war nicht meiner und soviel ihr auch gebettelt habt, daß ich bei euch bleibe, ich konnte es nicht. Es war nicht mein Weg.

Nein, das war nicht mein Weg, alles haben wollen und neidisch sein, verbittert und böse, falsch und feige, nein, das war nicht mein Weg, Feinde haben und lügen, wie ein Dieb davonschleichen müssen in der Nacht und sich freuen, wenn es einem anderen schlechter geht als mir. Nein, das war nicht mein Weg, Krieg war nicht mein Weg.

Mein Weg war es, dastehen zu können und sich nicht verstecken müssen, mein Weg war es, stolz zu sein und sich nach einem Streit trotzdem versöhnen können, mein Weg war Lachen und Sonne und nicht Dunkelheit und Angst.

Mein Weg war es, Tränen haben zu können die jeder sehen durfte, ohne mich zu schämen, und die von der Sonne getrocknet wurden, die für alle Menschen scheint, und das Wissen, daß sie immer scheint, Nacht für Nacht.

Und so wurde aus Uns ... Ihr und aus Wir ... Ich

Ich und Ich.

Mein Weg war es zu erkennen, daß es einen Glauben gibt, der mich zwar nie vergessen läßt, daß ich einer von euch bin, der mich aber deswegen noch lange nicht zu einem von euch macht.

Ich und Ich.

Ihr und Ich.

Gott und Ich.

Jah immer Ich.

Ich gehöre nicht mehr zu euch, nein, ich gehöre nicht mehr zu denen von euch, die immer noch Kriege führen, foltern, morden und schlagen. Nein, ich gehöre nicht mehr zu denen von euch, die nicht fertig machen können, weil es immer noch jemanden gibt, der schuld ist.

Ich will nicht zu denen gehören, die immer noch Angst haben. Ich werde ohne Angst auf dieser Welt leben, weil ich fertig sein will, wenn es vorbei ist; und weil ich bis dahin in Frieden mit allen Lebewesen gelebt habe, die sich die Welt mit mir teilen mußten und ich mit ihnen, werde ich abschließen können.

Ich werde in Frieden leben bis mein Tag kommt und bis dahin werde ich nicht vergessen, daß wir alle einen anderen Fingerabdruck haben und es nie zwei gleiche gibt.

In Frieden werde ich leben und bis zum Schluß von meiner Einzigartigkeit überzeugt sein und davon überzeugt, daß es für uns nur eine Zukunft gibt durch Frieden.

Der Elektroschocker surrt und sie schreit auf. Ketten klirren im Stall, Unruhe. Aber der Bauer schreit, houuuu, houuuu, ist schon gut, ist schon gut, und sie schreit und rutscht in ihrer eigenen Scheiße aus und bricht sich einen Hinterlauf.

Aber welcher Schmerz könnte größer sein als das Bewußtsein, daß du heute die Sonne nicht mehr untergehen siehst – und dieses Bewußtsein gestehe ich ihr einfach zu. Ich muß ihr das zugestehen, sonst wäre mein ganzes Denken eine Lüge. Sie treiben sie aus dem Stall, ihr gebrochenes Bein baumelt an Sehnen und Haut, und sie zwingen sie in einen Anhänger. Aber sie weiß, wenn sie da drin ist, dann ist es vorbei. Doch was sie auch dagegen probiert, sie prügeln sie rein – und plötzlich steht sie drin, blutüberströmt, und schaut in hunderte von Augen, die heute die Sonne nicht mehr untergehen sehen werden. Und wenn er nicht sofort losgefahren wäre, hätten sich kleine Pfützen auf dem Boden gebildet, voller Tränen in den Augen, die heute die Sonne nicht mehr untergehen sehen werden.

Ja Leute, die Augen waren es, die Augen, wir hätten in die Augen schauen sollen, und wenn wir wirklich nach dem Ebenbild von irgendeinem Gott gemacht worden wären, dann hätten wir Mitleid gehabt und wenigstens versucht, aus allen Scheißtagen Sonntage zu machen. Ja, dann hätten wir uns bedankt und nicht nur in uns reingefressen und geschissen.

Sie fielen hin und her im Hänger und schlitzten sich gegenseitig die Bäuche auf und rutschten aus auf ihren eigenen Gedärmen.

Väter, Mütter, Schwestern, Brüder, Freunde und Fremde, und alle hatten dasselbe Bewußtsein. So standen sie da. Und obwohl sie zu mir in meiner Sprache nichts sagen konnten, mußte ich in diese Augen schauen – und mein ganzes Leben hat sich in diesem Augenblick verändert.

Ich habe gesehen, daß sie genau erkennt, was da passiert. Und sie hat auch erkannt, daß ich nichts unternehme, damit es nicht passiert. Ich habe ihr in die Augen geschaut und mit ihr geweint und mich dafür geschämt, daß ich nichts tun konnte und feige war.

Ich hörte ihre Gedanken und hörte sie beten, und kein Lebewesen auf dieser Welt war Gott in dem Augenblick näher als sie, dieses eine Lebewesen, das sterben mußte, weil wir vergessen haben, daß wir da dazu gehören. Was haben wir nicht alles für Gründe gefunden für ihr Sterben, zu wenig Milch, nicht mehr produktiv, zu alt, ja, sie mußte sterben, weil sie alt geworden war. Aber alles wird alt auf dieser Welt, Herrgottsakrament, alles, alles wird alt auf dieser Welt, und wir hatten überhaupt keinen Grund, uns da einzumischen. Es muß alles alt werden dürfen, sonst geht der Wert verloren, und sie war nichts mehr wert und ist trotzdem für uns gestorben.

Ja, dieses Bewußtsein müssen wir ihr zugestehen, und wir werden in diesen Augen nichts anderes sehen als in denen, die in den Köpfen der kleinen Lebewesen waren, die in Vietnam, am ganzen Körper verbrannt, vor den Napalmbomben davon liefen.

Es waren solche Augen.

Es waren dieselben Augen.

Es hat eine Zeit lang gedauert bis sie unsere Grenzen wahrgenommen haben und merkten, daß wir es ernst meinen. Alles war wirklich gut vorbereitet und sie hätten eigentlich schon viel früher merken können, daß etwas passiert, aber sie waren zu sehr mit sich und ihrem Krieg beschäftigt, zu sehr damit, einen Schuldigen zu finden, und deshalb paßten sie einfach nicht auf. Wir wußten, daß wir das, was wir da vorhatten, nur ein einziges Mal versuchen konnten und daß es keine zweite Chance gibt. Es war vorbereitet wie damals der Umzug von Riem nach Erding, nur daß wir keine Fehler machten und im Dorf keine einzige Stimme dagegen war. Wir alle waren uns einig. Wir wollten wieder eine Einheit sein. Wir alle waren uns einig, daß wir in Frieden miteinander leben wollen und unsere Kinder in Frieden aufwachsen sollen. Darüber waren wir uns alle einig und kannten die Regeln, die zu diesem Frieden gehören.

Wir respektierten uns und wurden Lebewesen.

Wir haben uns nicht alle geliebt, aber wir konnten uns in die Augen sehen und Grüß Gott und Auf Wiedersehen sagen.

Respekt.

Im Dezember 1997 war's dann soweit. Innerhalb einer Woche kündigten zweitausendachthundertzwölf Bewohner der Gemeinde Marzoll ihre Konten bei der Sparkasse Marzoll und zahlten das ganze Geld auf ein Gemeinschaftskonto ein. Eine der wichtigsten Regeln hieß, daß alles allen gehört.

Im Oktober und November zuvor war bei insgesamt einunddreißig Zusammentreffen der erste Januar 1998 als der Tag vereinbart worden, ab dem in unserem und durch unser Dorf kein Auto mehr fährt und, soweit möglich, auch kein Auto im Dorf sein sollte. Aber dazu komme ich erst später.

Innerhalb einer Woche haben alle alles, was sie an Geld und Wertpapieren hatten, auch das ganze Geld, das sie für Schmuck, Autos und für Grundstücke und Häuser außerhalb des Dorfs bekamen, auf ein Konto einbezahlt. Keiner hat auch nur noch eine einzige Mark besessen und obwohl keiner mehr etwas hatte, waren nach dieser Woche 2811 Menschen Multimillionäre. Jedem gehörte alles und von heute auf morgen hatte keiner mehr Schulden. Alles was im Dorf nicht uns gehörte, haben wir abgelöst oder getauscht und anteilig die Steuern, die das Dorf Deutschland schuldete, was natürlich von einem Fachmann von außerhalb errechnet wurde, an das Finanzamt München überwiesen mit dem Vermerk „Rückkauf, Gemeinde Marzoll" und in der Nacht zum 1.1.1998 sperrten wir alle Straßen. O ja, wir waren gut vorbereitet, und heute noch muß ich unseren Bauern ein Kompliment aussprechen, weil ich weiß, daß wir es ohne sie nie geschafft hätten.

Als wir uns Anfang Oktober entschieden, die Sache durchzuziehen, waren die Bauern diejenigen, die die meiste Arbeit hatten, und ich danke ihnen dafür, weil ich nie das Gefühl hatte, daß sie es nicht gern machten. Weil zu der Zeit die meisten schon nicht mehr außerhalb arbeiteten, haben wir natürlich so gut es geht geholfen, aber ihrem Wissen und ihrem Respekt uns gegenüber hatten wir es zu verdanken, daß wir den ersten Winter mit einem Lachen überstanden und ohne daß einer verhungert oder erfroren wäre. Mensch, war das ein schöner Winter, wir alle haben ausgemacht, daß keiner Schnee räumt, Mensch, war das ein schöner Winter.

Ich weiß noch, wie ich eines abends mit meinen drei Buben in einer Dreiviertelstunde über Marzoll nach Türk hinunterging und zurück über Schwarzbach, und ich sagte zu ihnen, daß wir jetzt die ganze Welt gesehen haben. Ich glaube auch, das war der Moment, an dem ich zum ersten Mal wirkliche Liebe für etwas oder jemanden empfunden habe. Ich habe den Boden und die Bäume geliebt und, Mensch, habe ich die Kinder geliebt, die ich dabei hatte. In dieser Nacht wurden wir eins mit der Welt und spürten tief in unseren Herzen, daß wir wieder dazu gehören.

Ich sah das Strahlen in den Augen meiner Kinder und wußte, es werden nie solche Augen werden. Ich habe durch die Häuser hindurchgeschaut und habe geliebt und es war ein überwältigendes Gefühl. Ich konnte in dieser Nacht nicht schlafen, so aufgedreht war ich, wie auf Speed, wie auf einer Droge, die Liebe hieß. Alle Lebewesen paßten auf mich auf und ich durfte auf sie aufpassen.

Wir haben uns zurückgeholt, was uns eh schon gehörte. Nicht alles, nur ein Stück.

Respekt.

Erst 2003 haben wir vor dem Bundesverfassungsgericht Recht bekommen, nachdem wir sechs Jahre geklagt hatten. Zu der Zeit hatten wir schon unseren eigenen Strom und unser eigenes Wasser. Das war das Erste, worum wir uns kümmerten nach diesem Winter, von dem ich glaubte, daß er der schönste war, aber es kamen noch schönere. Das Bundesverfassungsgericht hat uns das Dorf als unser Gesamteigentum zugesprochen und die Unabhängigkeit vom Rest Deutschlands und der Welt, und damit waren wir das erste autonome Dorf auf dieser Welt. Ich vermeide extra den Ausdruck Staat. Wir wollten nie ein Staat werden; wenn wir das gewollt hätten, dann hätten wir uns alles genommen, nicht nur ein Stück, wir sind immer das geblieben, was wir waren, ein Dorf. Wir waren nicht mehr steuerpflichtig und nahmen keine Post mehr an. Keine Polizeistreife durfte auf unseren Straßen fahren und selbst der Stoiber, als er mit seiner Leibgarde kam, mußte ab dem Gablerknoten zu Fuß herein gehen. Es muß erniedrigend für ihn gewesen sein, keiner hat ihn empfangen, und als er fragte, wo unser Sprecher wäre, sagten wir, er kann sich einen aussuchen, wir können alle sprechen.

O Gott, was er nicht alles für einen Unsinn erzählt hat, er hat uns alles genannt, was es zwischen Untergrabung der Staatsautorität und Diktatur gibt. Feinde, Verräter, ja, wir waren ein ganzes Dorf von Irren, eine Sekte; in seinen Augen haben wir unsere Kinder mißhandelt, weil sie den Führerschein nicht machen durften.

Nicht nicht dürfen, haben wir gesagt, nicht machen wollen.

Er drohte mit Polizei und Armee, aushungern werde er uns bis wir ihn anbetteln. Ich weiß nicht, ob der Stoiber noch lebt, aber er hätte bis zum Schluß bei uns mitessen können, so viel hatten wir. Wir hatten so viel, daß wir denen von draußen was schenken konnten, die es sich nicht einmal mehr leisten konnten, jeden Tag satt zu sein.

Keiner hat mehr etwas besessen und doch gehörte jedem alles. Es gab keine Mieten und es kam keine Stromrechnung, es wurden keine Versicherungen mehr bezahlt und die einzigen Fahrzeuge, die es noch gab, waren landwirtschaftliche. Aber auch die waren nicht versichert, und als wir später wieder auf Pferde umstiegen, sind auch sie verschwunden.

Nein, wirklich, wir waren gut vorbereitet und uns alle einig. Ich glaube, daß keiner geschlafen hat in der Nacht zum 1.1.1998. Wir wußten, daß alle Formalitäten erledigt waren und warteten fieberhaft auf Mitternacht, und als es soweit war, wurden keine Raketen angezündet, nein, Punkt 12.00 wurden alle Straßen gesperrt, die wichtig waren. Alle, die zum Dorf gehörten waren in dieser Nacht im Dorf und wir ließen keinen mehr durchfahren. Der Gablerknoten, die Grenze in Schwarzbach und das Leopoldstal wurden gesperrt und jeweils 30 Leute paßten auf, daß sich jeder daran hält. Schwere Baumstämme wurden über die Straßen gelegt und nicht einmal 20 Minuten später war an allen drei Grenzen die Polizei im Einsatz. Zuerst ritten sie auf ihrer Gesetzestour herum, mit der Straßenverkehrsordnung kamen sie uns, aber wir sagten ihnen, daß es auf unseren Straßen keinen Verkehr zu ordnen mehr gibt und daß wir nicht mehr mit ihnen reden. Sie haben gedroht, aber wir reagierten überhaupt nicht mehr, weder mit Worten noch mit Taten, und um handgreiflich zu werden, waren wir zu viele. Die ersten Autofahrer schrien schon was von Erschießen und Vergasen, aber es half nichts, und weil sie in dieser Nacht nicht so viele Beamte herbringen konnten, fingen sie an, den Verkehr umzuleiten und das ist bis heute so geblieben. Am späten Nachmittag des 1.1. rückten sie dann an mit den Einsatzwägen und 40 Hundertschaften, haben das ganze Dorf besetzt und umstellt und keiner durfte mehr das Haus verlassen. Aber wir waren nicht in den Häusern, und wenn sie an irgendeiner Sperre fünf Leute wegtrugen, kamen von irgendwoher, aus dem Wald oder aus dem Schnee ringsum, fünf andere, und so ging das den ganzen Nachmittag. Sie taten mir wirklich leid, und ich weiß, innerlich weinten sie von Herzen, weil sie so hilflos waren.

Was hätten sie tun können?

Was hätten wir tun können?

Nichts haben wir tun können und sie auch nicht.

Um uns alle einzeln zu bewachen, waren sie zu wenige. Sie probierten es mit Gruppen, aber wer hätte dir nachlaufen sollen, wenn du davonläufst, einer von den Zweien, die auf die restlichen Achtzehn aufpassen?

Lächerlich.

Hätten sie alle 1003 Männer in ihre Einsatzwägen stekken sollen, mit Handschellen gefesselt?

Dann wären unsere Frauen und Kinder gekommen und keiner hätte sie aufhalten können, und dann die Bauern mit den Kühen und Ferkeln und Hühnern und Hunden.

Was hätten sie machen sollen, außer Respekt vor uns haben.

Ja, ich weiß, sie weinten innerlich darüber, daß sie nicht den Mut hatten, sich einfach zu uns zu stellen – so wie ich weinte, weil ich zu feig war, ihr zu helfen. Sie hatten es genauso satt wie wir. Wir wollten einfach nur unsere Ruhe, und ich weiß, sie wollten das auch.

Aber sie waren noch nicht so weit wie wir, sie haben noch einen Schuldigen gesucht dafür, daß sie jetzt da stehen mußten und frieren, während ihre Frauen und Kinder daheim feierten. Ja, sie suchten einen Schuldigen und sie fanden einen.

Uns.

Und so wurden sie mit der Zeit zornig und böse und fingen an zu schreien und zu schlagen, und wir gaben keine Antwort und brauchten uns nicht zu wehren, weil wir gut vorbereitet waren und wußten, wie es ausgeht. Zuletzt werden wir die Sieger sein und es wird nie wieder Krieg geben, weil wir uns für den Frieden entschieden haben.

Immer?

Jah oiwe I

Es war der erste Winter und der längste war's auch. Die Kinder hatten keine Schule von Januar bis März, weil wir alle von der Polizei und Bundeswehr nur noch in der Gegend herumgetragen wurden. Wir fingen schon an Witze drüber zu machen, he Servus, wo tragen sie dich denn hin, und alle haben wir gelacht, weil sie den einen dahin trugen und den anderen dorthin. Sie probierten auch, uns wegzufahren und 15 oder 20 Kilometer weiter einfach auf die Straße zu setzen und wir mußten zu Fuß heim. Aber das haben sie ganz schnell wieder aufgegeben, als sie merkten, daß wir auf dem kürzesten Weg wieder heimgingen, auch wenn es auf der Autobahn war; das war das absolute Chaos und sie mußten uns alle wieder abholen und heimfahren. Ab März, als unsere Kinder wieder in die Schule gingen (ein Teil der Lehrer war geblieben), kam dann eine Zeit, wo wir unseren normalen Tag wieder zu leben anfingen. Die Grenzen waren gut bewacht und der Rest vom Dorf ging wieder zum normalen Alltag über. Mit dem Kinder-in-die-Schule-bringen kam die Normalität wieder. Zweimal die Woche trafen wir uns zum Reden, bis Ende August jeder wußte, daß nicht Reden sondern Handeln die Zukunft ist, und wir sind alle miteinander raus auf die Felder und halfen den Bauern bei der ersten Ernte. Wir haben alle miteinander Holz geschnitten und die Kühe gemolken. Silos wurden wieder aufgefüllt und Erdkeller und Vorratsspeicher wurden gebaut. Unsere Wiesen wurden nicht mehr in Plastiktüten eingewickelt und es gab keine Kühlschränke und Gefriertruhen mehr im Dorf. Es gab kein Verfallsdatum mehr und deshalb wurde nichts mehr weggeschmissen.

Unser erstes Erntedankfest feierten wir vor der Kirche und nicht drinnen, drinnen wächst nichts.

Die ersten zwei Stauseen waren fertig und was wir zusätzlich brauchten an Strom und Wasser, bezahlten wir von unserem Konto in ihrer Währung, was aber nicht lange nötig war. Wir waren kein Dorf von Blöden. Bei uns gab es Heizungfachmänner und -Planer, Elektriker und Maurer, Schuster und Bäcker und sogar Dorfdeppen gab es wieder. Wir haben mit ihnen gelebt, für Heime hatten wir kein Geld. Natürlich mußten wir noch draußen einkaufen, wir konnten die Solarzellen ja nicht wie Gelbe Rüben anbauen, aber wir haben auf dieses Zeug aufgepaßt, wir haben es nicht ausgetauscht, wenn es kaputt war, wir haben es gerichtet, und irgendwann hatten wir einfach alles und alles konnte repariert werden. Ja, alles. Wir alle wurden Richter – und ich hatte immer gemeint, das muss man studieren. Nein, Richter muß man lernen, das kann man nicht studieren. Unsere Kinder waren, glaube ich, die glücklichsten Kinder der Welt. Sie brauchten nicht mehr besser zu sein oder das zu werden, was wir nicht geworden sind. Wir haben einfach ein bißchen aufgepaßt, und wenn man ein bißchen aufpaßt, erkennt man, wofür sie eine Begabung haben. Wir legten einfach keinen Wert drauf, daß alle gleich gut schreiben und rechnen können. Wenn einer nicht gut lesen konnte, hat das für uns nicht bedeutet, daß er nicht gut mit Vieh umgehen kann oder kein Verständnis für Farben hat. Sie durften Kinder sein.

Es gab überhaupt keine Klassenunterschiede, weil wir eine Einheit wurden und jeder gleich wichtig war. Jedem gehörte alles. Das heißt nicht, daß wir nicht gestritten haben. Es gab immer noch Eifersucht und Antipathie, aber das war anders als vorher. Wir konnten uns nicht mehr aus dem Weg gehen und gegenseitig verklagen, unsere Richter hatten ja immer was zu richten, wir haben alles bis zu einer Lösung besprochen und alle brauchten alle und so haben wir uns einfach respektiert. Wir haben darauf geschaut, was einer tut und nicht wie einer ausschaut. Wir schauten auf Hände und den Mund und nicht auf Hose oder Schuhe.

Unsere Kinder wurden von allen versorgt, genauso wie die Alten. Sie bekamen überall was zu essen und konnten überall schlafen. Schule war Tag und Nacht und Schlafen lernen war genauso wichtig wie Wachsein können. Einmal im Jahr haben wir uns einen Tag von ihnen versorgen lassen und sie durften alles machen, vom Frühstück bis zum Bett gehen um acht. An dem Tag durften sie nach uns ins Bett gehen und mußten vor uns aufstehen. Sie legten uns die Sachen zum Anziehen hin und brachten uns in die Schule, ja, an dem Tag gingen wir in die Schule, und wehe, das Essen war nicht fertig, wenn wir mittags kamen. Manchmal bin ich zusammen gebrochen, wenn sie so gefragt haben, na wie war's denn heute in der Schule, oder bitte geht ein bißchen raus und laßt uns einmal eine Stunde in Ruhe. Es waren geile Tage, und damit hat es nicht aufgehört bis zum Schluß. Sie haben nie aufgehört, unsere Kinder zu sein. Wir konnten mit ihnen nicht so achtlos umgehen wie ihr mit euren, wir hatten nur noch diese, es kamen keine mehr nach.

Aber überall war Krieg und der Lastwagen blieb ruckartig stehen, und weil sie nur noch auf drei Beinen stand, schlug sie mit dem Kopf gegen einen Eisenträger der Bordwand und ein Teil ihrer Schädeldecke, mit einem Horn und einem Ohr, ist herausgebrochen und ein Teil des Gehirns lief ihr über das Gesicht und tropfte auf den Boden. Sie brach zusammen und durch ihr Gewicht wurden ihr auch noch die Vorderbeine gebrochen und sie konnte nicht mehr aufstehen. Aber welcher Schmerz könnte größer sein als das

Bewußtsein, daß du die Sonne heute nicht mehr untergehen siehst.

Sie war die letzte im Hänger und sie konnte nicht mehr aufstehen, da hat nichts mehr geholfen, kein Elektroschock und kein eingedrücktes Auge. Die anderen wurden weggetrieben und ein Gabelstapler fuhr auf die Rampe, fuhr mit der Gabel unter ihren Bauch rein und hob sie auf. Noch einmal registrierte ihr Gehirn, dass der Schmerz zunahm und sie schrie auf als es ihr die Haut abgezogen hat und die Bauchdecke aufplatzte. Die Därme drückte es heraus auf den Boden des Hängers. Er fuhr sie hinaus auf den Platz, aber über die Mauern schien die Sonne nicht drüber. Sie hat überhaupt nicht gescheint an dem Tag, deshalb konnte sie auch nicht untergehen.

Als wir uns 2015 entschlossen haben, daß wir keine Kinder mehr wollen und von dieser Welt verschwinden, war die Aufregung groß. Unsere Kinder waren immer unsere Zukunft, und jetzt sollte es keine Kinder mehr geben?

Wir hatten einfach die Rechnung ohne den Wirt gemacht und vergessen, daß Krieg herrscht auf der Welt. Aber als uns das wieder bewußt wurde, haben wir die Konsequenzen gezogen und einstimmig entschieden, Männer und Frauen, daß wir keine Kinder mehr wollen, und unsere Kinder durch Aufklärung dazu gebracht, freiwillig darauf zu verzichten. Wir haben ihnen von Anfang an nichts verschwiegen, wir haben ihnen keine heile Welt vorgelogen. In einer heilen Welt gibt es keine Grenzen, da sind nicht die einen draußen und die anderen drinnen. Wir sind überfallen worden, und so haben auch unsere Kinder gelernt, was Angst und Gewalt ist. Eine zeitlang waren wir ein Freizeitpark für Arschlöcher, die mit ihren Jeeps Nacht für Nacht unsere Felder verwüsteten, weil sie wußten, daß es da keine Polizei gibt. Wir haben uns dann auf eine gewaltfreie Methode geeinigt. Seile gespannt und Fallgruben gegraben, dann war bald Ruhe, und in der Nacht sind die Hunde frei gelaufen. Aber unsere Kinder waren dabei, als wir uns wehrten, sie mußten es ja später können. Aber was hat es uns geholfen, daß wir kein Heizöl mehr verbrannten und unser Dorf giftfrei gemacht haben. Auf das Weltgeschehen betrachtet natürlich nichts. Aber uns hat es was gebracht, und wir wollten ja nicht die ganze Welt verändern. Wir wollten nur ein bißchen weiter wachsen und das haben wir geschafft. Es gab kein Plastik mehr bei uns und es lief kein Rasenmäher mehr. Es fuhren keine Autos und Motorräder. Es hat keinen anderen außer kompostierbaren Müll mehr gegeben. Alles konnten wir gebrauchen und es ist wirklich nichts übrig geblieben, nicht einmal aus der alten Zeit. Wir hatten richtige Ersatzteillager für unsere Wind-, Wasser- und Sonnenkraftwerke. Wir haben getüftelt und gebastelt und erfunden. Es gab Techniker und Sattler und Leute, die aufräumen und putzen. Aber es gab keinen Neid und keine Intrigen, keine Gewalt und keinen Hunger. Das war uns schon klar, daß wir die Welt nicht sauber bekommen, wenn der Dreck von draußen reinläuft oder von oben runterkommt. Aber wir wollten ja auch nicht die Welt säubern, sondern uns. Wir interessierten uns einfach nicht mehr für ihre Belange, weil wir genug mit uns selber zu tun hatten. Und trotzdem wurden wir überfallen, obwohl es nichts zum Mitnehmen gab. Wir waren die Schuldigen und sie die Bestrafenden. Sie haben unsere Frauen vergewaltigt und alte Leute erschlagen. Sie haben unsere Kinder verschleppt und uns unsere Träume genommen. Ja, sie haben uns unsere Träume genommen, und ohne Träume gibt es keine Zukunft.

Also keine Kinder mehr – und wir konnten wieder träumen. Uns waren die Träume wichtiger.

Wir selbst haben es so entschieden und wurden unerpressbar und mutig. Irgendwann war der Jüngste in unserem Dorf zwanzig und es gab keine Schulen mehr, keine Lehrstellen und Kindergärten.

Keine Lehrer und Lehrherren. Es kamen keine behinderten Kinder mehr auf die Welt. Keinen Keuchhusten und keine Masern hat es mehr gegeben. Wir mußten um nichts mehr Angst haben, wir wollten nur noch sauber sein und fertig werden.

Ich wachte schweißgebadet auf, ich hatte einen beschissenen Traum gehabt. Ich träumte, daß ich Fleisch gegessen habe. Ich habe den Geschmack noch im Mund und sitze da und habe Angst, weil der Traum so wirklich war. Ich weiß, daß ich sterben muß, wenn ich noch einmal Fleisch esse, weil ich unterschrieben habe. Ich weiß, daß er mich nicht umsonst hat überleben lassen und daß er immer anwesend ist. Aber Gott sei Dank hab ich es nur geträumt, und ich steh auf und geh ins Wohnzimmer zu meinen Hühnern und hole die Eier. Meine Frau schläft noch, und seit die Kinder ihre eigenen Wohnungen haben, ist es recht still bei uns im Haus. Es ist überhaupt still im Dorf, es gibt keine Kinder mehr und es wird schwerer von Tag zu Tag und wir alle bekommen das Ausmaß unseres Entschlusses jetzt erst so richtig mit. Es gibt keine Kinder mehr. Ich bin traurig und hole ein altes Fotoalbum heraus und schau auf die Vergangenheit, und bin stolz, daß alle drei überlebt haben. Sie sind zu großen Menschen geworden, unsere Kinder, Fürsten auf dieser Welt, und ihre Eltern sind Könige von einem alten Stamm, der langsam ausstirbt. Ich richte unser Frühstück her und wecke meine Frau auf und dann lasse ich den Tag beginnen. Ich bin jetzt dreiundsiebzig und der jüngste Mensch bei uns im Dorf ist dreizehn Jahre alt. Wir schreiben das Jahr 2028 und sie haben alle Belagerungen aufgehoben. Wir sind freie Menschen und haben das bißchen Land, für das wir die Verantwortung übernahmen, in Ordnung gebracht und geben es sauber zurück. Wir geben es so zurück, daß es auch ohne uns überleben kann. Wir haben es von uns entwöhnt im Lauf der Jahre und es bekam wieder seine eigene Dynamik. Wir haben es bebaut und es ließ uns nie hungern. Die Kornspeicher waren immer voll und Ananas gab es nur, wenn jemand von draußen eine mitbrachte. Es gibt keine Kinder mehr bei uns, wie anders als so hätten wir unsere Liebe ausdrücken können. Wir haben nie auf mehr verzichtet und nichts hat uns stärker gefehlt als unsere Kinder. Ich bin nicht Großvater geworden und habe keine Enkel auf dem Schoß gehabt.

Aber wir haben auch viel dafür bekommen.

Wir bekamen Frieden und Respekt, Liebe und unsere Ruhe.

Ja, die Welt schaut auf uns und sie weinen um jeden, der stirbt, weil sie wissen, daß keiner mehr nachkommt. Ja, wir werden lange in ihren Geschichten vorkommen und ihre Kinder werden große Augen bekommen, wenn die Alten ihnen von uns erzählen. Ja, wir haben viel dafür bekommen.

Ewigkeit.

Fertig geworden sein.

Wissen, daß nichts Schlechtes von dir zurückbleibt.

Wir mußten keine Haustür mehr zusperren. Wir mußten keine Angst mehr haben und wir sind wertvoll geworden.

Ja, wir haben viel bekommen, aber überall war Krieg, und sie flogen hinaus in die Finsternis und als sie ganz, ganz weit draußen waren, sahen sie zum Fenster hinaus und waren sprachlos. Niemals vor ihnen hat ein anderer Mensch oder ein Lebewesen das gesehen, was sie da jetzt gerade sahen.

Sie waren die ersten und sie waren sprachlos.

Sie sahen eine blaue Kugel im Universum schweben und als sie ihre Sprache wieder fanden, sagten sie nur, daß sie Gott gesehen haben.

Ja, stell dir vor, sie sagten, daß sie Gott gesehen haben, und zum ersten Mal schauten Menschen von dieser Welt zu ihrem Gott hinunter und nicht hinauf.

So sauber.

So rein.

So schön und klar.

So zerbrechlich und verletzbar.

So offen und ungeschützt.

Die Welt.

Ja, sie sahen die Welt und nannten sie Gott. Aber die Viehtransporte fuhren weiter, dort unten auf ihrem Gott, und fuhren den Tod hundertfach durch die Gegend, und Stück für Stück haben sie ihn geschlachtet, ihren Gott, und all die Pfaffen und Bischöfe und Päpste standen bei Tengelmann hinter den Wursttheken, die ihre Altäre waren, und die übrigen Blöden beteten den schwarzen Pressack an.

Ja, sie sahen Gott, als sie von da herunterschauten, und als sie wieder unten waren, schauten sie hinauf und sagten:

Danke, lieber Gott.

Aber sie bekamen keine Antwort.

Mein Vater ist mit den Kindern im Garten und pflückt Johannisbeeren. Ich glaube, daß er glücklich ist. Ich wünsche es mir. Meine Kinder sind gern beim Opa und es ist immer was Besonderes. Vielleicht weil sie so selten dort sind, obwohl wir doch gar nicht weit auseinander wohnen. Aber vielleicht macht es gerade das zu etwas Besonderem, wenn wir die Großeltern besuchen. Der Opa werkelt mit ihnen und sägt, gartelt und kriecht immer noch mit ihnen auf dem Boden herum. Das tu ich auch, aber beim Opa ist es was Besonderes, weil es nicht immer ist. Alles, was nicht immer ist, ist was Besonderes.

Ich setz mich zu ihnen rüber auf die Couch und mein Kleiner setzt sich auf meinen Schoß. Er redet überhaupt nicht gern, das heißt, er redet schon gern, aber nur das, was er kann, und anscheinend denkt er, daß es ausreicht, was er kann. Er hat ein paar Sätze drauf und mit denen kommt er überall ganz gut durch. Überhaupt hat er eine eigene Sprache. Ich kann mich erinnern, als meine zwei anderen Buben das Sprechen anfingen, da hatte das, was man ihnen vorsagte, wenigstens noch ein bißchen Ähnlichkeit mit dem, wie sie es nachsagten. Das war eben nicht die Schildkröte, sondern die Grodda, das kann man noch durchgehen lassen. Aber mein Kleiner, der Eric, hatte seine eigenen Ausdrücke und manchmal habe ich ihn einfach überlistet und ihm einen neuen entlockt, wie auch an diesem Tag bei meinem Vater.

Ich habe ihn auf dem Schoß und sag zu allen, sie sollten mal herkommen, und als wir alle um ihn herum saßen, sag ich zu ihnen, daß wir jetzt eine Sprachvorführung machen und daß er alles nachsprechen kann, was ich ihm vorspreche.

Alle waren ganz gespannt und seine Augen strahlten und ich habe nie zuvor so viel Stolz in einem Gesicht gesehen, als ich zu ihm sagte, sag einmal Opa und er sagte laut und deutlich Opa, Opa, Opa.

Wir alle klatschten und tobten, bravo bravo, schrien wir, ein Wahnsinn. Meine Schwester, meine Mutter, meine Frau, seine Brüder, alle klatschten und lobten ihn.

Aber das war nicht schwer, weil er Opa schon sagen konnte und danach auch Oma und Mama und Papa, aber jedes Mal klatschten und schrien wir und er ist ein Stückchen gewachsen. Aber den Namen seines großen Bruders, den konnte er nicht sagen, und als ich dann plötzlich, nachdem er soviel gewußt hatte, zu ihm sagte, und jetzt sag einmal Robert. Da konnte er nicht mehr anders und er sagte Wewa. Und wir alle klatschten und schrien und sprangen herum vor Freude. Wewa, Weeewaa!, und der Robert sagte, ja, was ist denn?

Wewa, Wewa – aber es war Krieg, und keiner sah, dass ich da sitze mit meinem Gott auf dem Schoß und lache.

Ein dumpfer Schlag durchströmt ihr Gehirn und alle Schmerzen sind wie weggeblasen. Der Metzger legt den Schußapparat weg und schneidet ihr die Halsschlagader auf. Sie ist noch nicht tot und das Blut wird herausgepumpt von einem gesunden Herz, das noch nicht weiß, daß seine Zeit abgelaufen ist. Sie kann noch sehen, und während ihr die eigenen Gedärme ins Gesicht rutschen, weil sie an Ketten an den Hinterfüßen hochgezogen wird, ziehen sie ihr schon das Fell ab.

Sie kann noch sehen, aber sie spürt nichts mehr.

O Gott, ich hoffe, sie spürt nichts mehr.

Ich habe Angst, daß mein Denken aussetzt, wenn ich glauben würde, daß sie noch was spürt. Ich habe Angst, daß ich dann nicht mehr schlafen könnte und nicht mehr mit euch lachen. Ich wollte euch doch nur eine Geschichte erzählen, aber ich habe keinen Traum dazugehabt.

Aber es war Krieg und sie haben sich dafür entschieden, daß sie in Zorn und Krankheit von dieser Welt gehen wollen. Sie haben es nicht geschafft und ich schau hinauf in den Himmel und sehe die weißen Streifen länger und breiter werden. Ich ziehe meine neuen Schuhe aus und rieche an ihnen. Mein Sohn hat sie gemacht, ja, mein Sohn ist Schuster geworden. Jetzt sitze ich unter seinem Baum und er sitzt bei mir und freut sich, daß sie mir passen.

Ich rauche einen Spliff, ich konnte es mir bis zuletzt nicht abgewöhnen, und ich bin der Geschichtenerzähler geworden und auch der Einzige, der von Zeit zu Zeit das Dorf verläßt. Wenn ich draußen bin, halte ich mich an alle ihre Regeln und werde überall respektvoll behandelt. Ich bin Geschichtenerzähler und Träumeverbreiter, und auch wenn überall um mich herum Krieg ist, sie wissen, daß sie mich brauchen, weil der Mensch Geschichten braucht und Träume zum Überleben. Sie freuen sich, wenn ich komme und manchmal sitze ich vor achthundert Leuten und erzähle ihnen von unserem Dorf, und wie kleine Kinder sitzen sie da mit großen Augen und schütteln ungläubig den Kopf und sagen, das gibt es nicht.

Ohne Geld, ohne Kaffee, ohne Fernseher oder Eurocard, nein, sagen sie, das gibt es nicht. Aber sie fangen zu träumen an und leben mit mir für zwei Stunden meinen Traum und alle kommen sie in meinen Geschichten vor. Ich schau mir ihre Gesichter an beim Vorbeigehen und sehe die Verletzungen, Mißhandlungen und Gewalttaten, die sie ihnen angetan haben, damit sie anständige Menschen werden. Wann haben sie endlich den Mut, nein zu sagen, wann glauben sie endlich, daß es nur mit Respekt geht. Ich erzähle ihnen, daß bei uns im Dorf alles alt werden darf und nie an Wert verliert. Ich erzähle ihnen, daß unsere Kühe frei herumlaufen und jeden Abend ganz von allein heimkommen, uns ihre Milch bringen und bei uns schlafen. Sie werden nicht mehr geschlachtet, sondern sterben für uns, sie werden nicht mehr gezüchtet, sondern vermehren sich für uns.

Erst wenn sie ihren Sonnenuntergang gesehen haben, war es freiwillig und es bleibt nichts von ihnen übrig. Wir haben eine eigene Käserei und machen unsere Butter und unser Brot selber. Wir müssen uns nichts kaufen und wenn jemand krank wird, muß er nicht in ein Wartezimmer, nein, der Doktor kommt zu ihm. Der Doktor wird vom ganzen Dorf versorgt und muß sich um überhaupt nichts kümmern. Ja, ich erzähle ihnen, daß wir aufeinander aufpassen und wenn ich wieder heimkomme, Ende November, dann ist mein Holz schon gemacht und meine Speisekammer voll. Ich erzähle ihnen, daß ich Geschichtenerzähler bin und in unserem Dorf genauso wichtig wie der Schmied oder Schneider. Aber sie sagen, das gibt es nicht, und träumen schon davon.

Ich rieche an meinen neuen Schuhen und rieche meinen Sohn und ich rieche zurück in die Vergangenheit und erinnere mich an die Sauberkeit, die ich gerochen habe, wenn er sich an mich gekuschelt hat im Bett und seine Hand auf mein Ohr gelegt hat. Ich höre sein Atmen und kann ihn riechen, und er steckt seine kalten Füße zu mir herein und sagt, gute Nacht. Ich rieche fünfundzwanzig Jahre zurück und schau hinüber zu ihm. Er riecht immer noch so gut, er ist immer noch mein kleiner Bub, und als würde er das wissen, schaut er herüber zu mir und sagt, ich bräuchte mir keine Sorgen zu machen, und ich weiß, dass ich fertig geworden bin.

Im Jahr 2006 haben sie nach neun Jahren die letzten Truppen von unserem Dorf abgezogen und es ist Ruhe eingekehrt. Da gab es schon keine Straßen mehr und wir hatten unsere eigene Kläranlage. Unser Dorf ist richtig aufgeblüht, und Bachläufe, kleine Seen und Rinnsale sind dort entstanden, wo wir sie brauchten. Unsere Alten ließen wir im Dorf und steckten sie nicht in Altersheime, wie es damals üblich war. Sie hatten ihre eigenen Häuser und wurden von uns mitversorgt. Sie wurden von ihren Enkelkindern auf dem Weg zur Schule versorgt und besucht, und wenn sie keine Enkel hatten, dann kamen einfach andere Kinder zu ihnen. Jeder hatte einen Opa und eine Oma, einen Vater und eine Mutter, eine Schwester und einen Bruder. Mit der Zeit wurden wir eine große Familie und haben dann auch so miteinander gelebt.

Irgendeiner kam zum Frühstück oder Mittagessen, und nie fühlte man sich beobachtet oder fremd. Wir wurden eine Einheit und jeder war gleich wichtig. Es gab einfach Leute, die gern lang schliefen und wir wußten, daß die eben erst um 10 oder 11 fit sind, aber dann haben sie was getan und es ging was voran. Eigentlich wurde Tag und Nacht gearbeitet, weil einfach jeder gearbeitet hat, wann er wollte. Der Mensch arbeitet ja gerne, aber am liebsten arbeitet er dann, wenn er mag und nicht, wenn er muß.

Eines Tages bin ich aufgestanden und alle Zäune im Dorf waren weg. Ich hätte es wahrscheinlich gar nicht gemerkt, wenn ich keinen Hund gehabt hätte. Aber alle Zäune waren weg.

Ein anderes Mal standen fünfunddreißig Leute in der Frühe in meinem Garten, und in der Nacht hatten sie mir einen ein Meter breiten und ein Meter tiefen Bach durch das ganze Grundstück gegraben. Sie wußten, daß ich mir immer einen Bach vor dem Haus gewünscht habe und ich freute mich total darüber. Es muß ein Wahnsinn gewesen sein in dieser Nacht. Sie deckten die Wiese mit Balken und Latten ab, damit sie nicht zertreten wird (wir haben sogar auf das Gras aufgepaßt), und was die einen ausgeschaufelt haben, das fuhren die anderen sofort weg und die nächsten brachten Steine, und so ist ein schmaler, steiniger Bach mit zwei kleinen Staustufen entstanden. Als ich morgens herauskam und sie die Balken und Latten wegtrugen, war kein Grashalm zertreten und auf der Wiese kein Dreck zu sehen. Sie hatten einen Bach hingezaubert und es sah so aus, als wäre er schon immer da gewesen. Das Wasser haben sie vom Hauptbach herübergeleitet, der früher die Grenzlandstraße war.

Wahnsinn, habe ich mich gefreut, und als dann der Dustin mittags von der Arbeit kam und ein paar Forellen mitbrachte und einsetzte (er war Bachpfleger und Fischzüchter), mußte ich einfach weinen und bedankte mich bei allen. An dem Tag war ich dran mit Kochen, und ich konnte gut kochen. Im Lauf der Jahre haben wir uns das richtig angewöhnt, anderen eine Freude machen zu können, ohne daß der andere das Gefühl hat, er müßte jetzt auch was machen. Wir machten einfach nur gern jemandem eine Freude, und an dem Tag holte ich nach langer Zeit wieder einmal meine Gitarre hervor und erzählte ihnen ein paar Geschichten.

Ein großes Feuer brannte in dieser Nacht und wir alle aßen und tranken miteinander. Wir aßen aber nur, was wir selber gepflanzt und geerntet hatten. Es war nichts Gekauftes oder Gestohlenes auf unseren Tischen. Alles, was da war, war freiwillig da. Da war Brot und Butter, Honig und Marmelade, Käse, Gemüse, Obst, Wein und Bier, Nüsse und auch Fleisch gab es, obwohl wir nichts geschlachtet haben; wir mußten auf nichts verzichten und keiner vermißte etwas. Bis spät in die Nacht teufelten die Kinder herum und wir vertrauten dem Mond und wußten das Universum paßt auf uns auf. Ich erzählte ihnen, wie es draußen aussieht und mußte nicht einmal übertreiben und es lief ihnen kalt den Rücken herunter.

Vögel, sagte ich, habe ich gesehen mit drei Flügeln und Katzen, denen Federn gewachsen sind. Fische mit zwei Köpfen schwimmen in ihren Flüssen herum und sie fressen die verkrebste Leber von ihren Gänsen. Kein Mensch kann mehr schwimmen, weil sie es nicht mehr lernen können. Wo könnten sie es denn lernen, ihre Seen sind Schlammlöcher und in ihren Flüssen scheint Tag und Nacht der Regenbogen. Häuser gibt es, groß wie eine Kiesgrube, voll mit Kindern, die keiner gebrauchen kann, und eingefrorene Menschen, weil sie gar nicht mehr so viele eingraben können wie sterben. Ich entdeckte Ungläubigkeit in ihren Augen. Diese naive Ungläubigkeit, die du hast, wenn du weißt, es stimmt, aber auch weißt, daß dir das nicht passiert, und du kannst nicht verstehen, daß sie es mit sich geschehen lassen. Es ist noch nicht einmal 10 Jahre her und ist zu einer Geschichte für sie geworden. Ich singe ein paar alte Lieder aus der Zeit, als ich noch draußen war, den Stoiber, den Rasenmäher, Hey Staat, Freiheit und diese Sachen und denke an meinen ersten Auftritt. Ich weiß, daß das Leben nicht aus Zufällen besteht, so viele Zufälle gibt es nicht. Das Leben besteht aus Glück haben, und selbst wenn ich nichts weiß, dann weiß ich aber, daß man nur Glück hat, wenn man glücklich ist, und egal was auch immer war in meinem Leben, ich kann mich nicht daran erinnern, daß ich einmal nicht glücklich gewesen wäre. Vielleicht hat eine Frau mit mir Schluß gemacht und ich war unglücklich, aber dieses Unglücklichsein meine ich nicht; ich meine das Unglücklichsein, wenn du weißt, du hast niemanden, dich braucht keiner und du bist umsonst auf dieser Welt. Nein, das kenne ich nicht. Ich war immer glücklich, daß es mich gibt. Vielleicht weil ich als kleiner Bub so gern dazu gehören wollte, sie es aber nicht zuließen, daß ich einer von ihnen wurde. Ich habe schon immer gern viel Zeit mit mir selbst verbracht, weil ich ja mußte, und gern mit mir geredet, weil ich keinen zum Reden hatte. Ich habe mir schon immer gern Geschichten erzählt und geträumt, aber als ich anfing, sie laut zu erzählen, wurden sie wahr.

Ich wollte sie nicht provozieren durch mein Aussehen oder meine Sprache, ich habe auch nicht extra Gras geraucht wie sie immer dachten, nein, ich war eben so und das konnten sie nicht ändern, und weil sie so damit beschäftigt waren, mich zu ändern, verloren sie den Blick für die Wichtigkeit. Sie hören mir zu und wissen, es ist die Wahrheit, daß das Leben aus Glück haben besteht, und sie wissen auch, daß sie Glück gehabt haben. Wir haben großen Spaß in dieser Nacht gehabt und viel miteinander geredet, wir haben auch viel miteinander geweint in dieser Nacht und ich habe viel geraucht.

Wir hatten einfach Glück.

Ich sah Berge so hoch wie Häuser, lauter tote Lebewesen. Andere Lebewesen wiederum haben sie bei lebendigem Leib gebraten oder in kochendes Wasser geschmissen. Elektrosonden wurden in die Arschlöcher von Wiesel, Marder und Iltissen gesteckt und ihre kleinen Körper haben sich zwanzig oder dreißig Sekunden lang aufgebäumt und gewehrt, bis sie den Kampf verloren hatten. Affen wurde bei lebendigem Leib das Gehirn ausgelöffelt und Schildkröten der Panzer auseinandergerissen.

Sie fällten Bäume und wir pflanzten sie.

Sie beten zu irgendeinem Gott hinauf und wundern sich, daß sie keine Antwort bekommen, deshalb geben sie sich ihre Antworten selbst. Es gibt Gefängnisse für ihre Kinder und die, die sie nicht einsperren können, fahren sie über den Haufen. Das ist noch nicht einmal 10 Jahre her und ist schon eine Geschichte geworden. Ich ging spät ins Bett in dieser Nacht und träumte, daß ein kleiner Junge gestorben ist.

Ein kleiner Junge irgendwo da draußen und keiner merkte es.

Aber ich habe es geträumt.

Ich habe geträumt, daß er da stand, schwer beladen mit Ziegeln und kleine Tränenbäche liefen über sein staubiges Gesicht und Tropfen von Tränen baumelten an seinem Kinn.

Ich träumte, daß er nicht alt war, vielleicht fünf Jahre, und daß er rissige, schwielige, blutige kleine Hände hatte, und mit denen schleppte er Ziegel. Kleine, staubige, dreckige Füße schleppen sich über den Boden und Steine drükken sich ins eitrige Fleisch.

Ein zusammengepreßter Mund und große dunkle Augen.

Irgendjemand schreit ihn an und er zuckt zusammen und schleppt sich weiter. Sie haben gesagt, sie würden ihre Kinder lieben, und als sie sahen, daß schon zwei nicht satt wurden, machten sie gleich noch zwei.

Sie haben gesagt, sie würden ihre Kinder lieben, und gaben ihnen Waffen und schickten sie in den Krieg.

Ja, sie haben gesagt, sie lieben ihre Kinder, und als sie nicht mehr heimkamen, weinten sie um sie und suchten die Schuld bei den anderen

Und wieder schauten sie hinauf zu ihrem Gott und sagten:

Warum gerade ich, warum denn gerade ich?

Und er gab wieder keine Antwort.

Er stand hinter ihnen mit seinen Ziegeln und weinte. Sie haben ihre Zukunft ausgelöscht und ihr Gott hat Ziegel getragen und sie beteten immer noch den schwarzen Pressack an.

2011 hatten wir die letzte Erdbestattung, danach haben wir unsere Toten wieder an der Luft bestattet. Entweder in einem Baum oder auf einem aus Holz gebauten Gerüst. Wir hätten all die Wasserspeicher nicht anlegen können, wenn wir sie weiter eingegraben hätten, und das Verbrennen hat uns dann doch zu sehr gestunken. 300 Meter hinter der Schule war ein schöner Sonnenaufgangsplatz und der wurde unser Friedhof. Nach der ersten Bestattung, die so gemacht wurde, waren wir überrascht, wie schnell sich die Natur das zurückholt was sie gegeben hat. Trotzdem haben wir die neu Verstorbenen dann doch immer ein bißchen weiter entfernt aufgebahrt, sonst hätten wir wegen dem Gestank den Friedhof ja nicht begehen können. Wenn sie dann nach einer gewissen Zeit sauber abgenagt waren, haben wir sie hinüber in den Hauptfriedhof gelegt und die Gerippe so wie sie waren, ohne sie durcheinander zu bringen, zu den alten dazu gelegt. Das war immer etwas, das wir alle miteinander machten.

Alle miteinander verabschiedeten wir uns von ihnen und erinnerten uns noch einmal, wer und was er oder sie gewesen war, und jetzt wußte jeder, wo sie lagen.

Das war auch die Zeit, als wir zum letzten Mal was von der Regierung hörten. Aber das war nur noch ein kurzes Aufbäumen und dann war für immer Ruhe. Der Stoiber drohte noch einmal mit einem Armee-Einsatz und die Goßgmainer, unsere Nachbarn in Österreich, und die Pidinger drohten, sie würden dann ihre Straßen auch dicht machen, wenn sie uns nicht in Ruhe ließen, und danach traute er sich sowieso nichts mehr. Wir wurden sehr bewundert im Umkreis und es waren auch immer Leute von draußen bei uns, jeder durfte kommen und jeder wurde höflich behandelt. Aber sie gingen zu Fuß herein und hielten sich an unsere oberste Regel und die hieß Respekt.

Einige blieben da und einige gingen in der Zeit, aber das hörte dann auf, und so kommt jetzt auch keiner mehr dazu. Nur im Herbst 2011 starteten wir noch einmal eine größere Aktion, da nahmen wir 33 Afrikaner bei uns auf, die von Abschiebung bedroht waren, und gaben sie nicht mehr her. Sie probierten es mit Nacht-und-Nebel-Aktionen, hörten dann aber auf damit, weil sie ihre Autos immer hinaus schieben mußten, und sie einfach so zu verschleppen war zu laut und gefährlich.

Unser Dorf wurde dann richtig farbig, bunte Stoffe wurden gefärbt und gewebt und sie trugen lange Gewänder, unsere Frauen und Mädchen. Ja, es waren schöne Menschen in dem Dorf, in dem ich leben durfte, und die Kinder wurden braun und erdfarben.

Wie die ersten Menschen waren auf dieser Welt.

Ich arbeitete gern auf den Feldern mit ihnen und lernte ihre Lieder und Rhythmen. Afrikaner sind wie alle Menschen, außer sie sind hungrig; aber alle Menschen sind anders, wenn sie hungrig sind.

Wir kennen nur vertriebene, gefolterte, betrogene, vergewaltigte, verschleppte und kranke Afrikaner. Bei uns waren sie das nicht, weil sie bei uns dazugehörten und keinem zur Last fielen. Sie haben gern gearbeitet und gesungen und es war eine große Bereicherung für uns, daß wir so mit ihnen leben konnten und durften. Ich kann mich noch an meinen letzten Urlaub auf Jamaika erinnern, es war ein Abschiedsurlaub im Frühjahr 1996. Ich habe mich immer so zu ihnen hingezogen gefühlt, aber sie gaben mir keine Chance. Sie waren dieselben Rassisten wie die Weißen, genau so unversöhnlich und gierig. Sie machten Unschuldige zu Schuldigen, und genauso wie wir Weißen haben sie sich gegenseitig umgebracht und denunziert. Ich wußte, daß ich in dieses Land nicht mehr zu kommen brauchte, weil ich erkannt hatte, daß ich nur da, wo ich hingehöre, etwas verändern kann, und dort gehörte ich nicht hin.

Ich wußte, wir würden nie Brüder und Schwestern sein, und wenn ich wo nicht gern gesehen bin, dann gehe ich dort nicht mehr hin. Jetzt lebe ich seit so langer Zeit mit ihnen und bin mir bewußt, daß ich mich getäuscht habe. Jetzt weiß ich, daß wir alle eine Familie sein können, schwarz und weiß, rot und gelb. Aber es darf keiner hungern.

Keiner darf das Gefühl haben, mehr zu sein als die anderen, aber auch nicht weniger.

Keiner oben, keiner unten.

Unser Dorf wurde afrikanisch und wir alle Afrikaner.

Braun und erdfarben.

Seit dreiundzwanzig Jahren ist kein Kind mehr auf die Welt gekommen, und ich bin jetzt achtundachtzig und gehe jeden Tag hinüber zum Friedhof und freunde mich mit meinem Baum an. Ich habe ihn mir selber ausgesucht, einen schönen Ahorn, und ich hoffe, daß ich im Herbst sterben darf, wenn er grün, gelb und rot ist. Vor siebenunddreißig Jahren war die letzte Geburt bei uns und es leben noch zweihundertachtzehn Menschen im Dorf. Seit sechzehn Jahren war ich nicht mehr draußen und habe das nicht als Verlust empfunden. Schade, daß ich nicht dabei sein darf, wenn der letzte geht, so in 70 oder 80 Jahren. Ich erzähle immer noch Geschichten, und mein Ältester, der Robert, wohnt mit seiner Frau wieder bei uns. In Weissbach sind noch dreiundzwanzig Häuser bewohnt und wir wohnen alle ziemlich nah beieinander. Ich wollte einfach nicht aus dem Haus ausziehen, in dem so viele Erinnerungen sind, schöne und schlechte. Ich bin darin aufgewachsen und habe es zu meinem Afrika gemacht, und ich wollte immer in Afrika sterben. Ich weiß, daß ich mir bis zum Schluß keine Sorgen machen muss und nicht allein sein werde. Ich habe viel Glück gehabt in meinem Leben.

Immer noch kommen Leute von draußen herein und erzählen uns Geschichten, aber jetzt bin ich unter den Zuhörern und schüttle den Kopf wie alle anderen, weil ich es gar nicht glauben kann. Sie reden von schwarzen Ozeanen, die jeden Tag Tausende von Leichen an einen schlammverkrusteten Strand spülen. Kleine Kinder sind Mörder und bringen ihre eigenen Eltern um. Pflanzenfresser werden zu Fleischfressern gemacht und Fleischfresser zu Kannibalen.

Mütter fressen ihre neugeborenen Kinder auf oder schmeißen sie, in Plastiktüten eingewickelt, lebendig auf den Müll. Massengräber werden von Schubraupen zugeschüttet und alte Männer machen Kindern Kinder. Die Luft ist schwer zu atmen und „Schuldige" hängen an den Bäumen.

Sie wollten alles im Griff haben und erhoben sich zu Göttern und haben dadurch ihr eigenes Todesurteil gesprochen. Sie wollten die Welt verändern und als sie sich nicht verändern ließ, brachten sie sie einfach um.

1994

Ich sitze vor einem Richter und soll erklären, woran ich glaube. Wie kann man einen Glauben erklären.

Das haben schon so viele probiert und es kam nichts dabei heraus, außer Krieg. Ich kann nicht etwas erklären, was sie sich nicht vorstellen können oder zeigen oder mitbringen. Sie müßten mir meinen Glauben einfach nur glauben, aber das können sie nicht, weil sie selber doch an nichts glauben. Ich sitze vor lauter Ungläubigen und soll mir von denen meinen Glauben erlauben lassen. Sie sagen, daß sie an Gott glauben und Richter sind, wo sie doch eigentlich glauben müssten, daß es nur einen Richter gibt.

Sie sind welche, die bestrafen, aber keine Richter.

Sie sind Menschen wie alle Menschen auf dieser Welt, mit dem einen Unterschied, daß sie in der Schule besser waren und mit ihrem Leben oder ihrer Zeit so wenig anfangen konnten, daß sie ganze Bücher mit Paragrafen auswendig gelernt haben, die irgendein anderer, dem es genauso langweilig war, geschrieben hat. Ich soll fünf katholischen Richtern meinen Glauben erklären und mir von ihnen erlauben lassen, daß ich ein Rasta sein darf.

Was ist ein Rasta? Wie soll ich das erklären?

Einen Richter kann man erklären und einen Metzger, da ist natürlich kein großer Unterschied, aber Rasta kann man nicht erklären. Ich kam in den Gerichtssaal herein und sie haben doch gesehen, daß ich ein Rasta bin. Warum haben sie nicht aufgepaßt. Warum haben sie mir nicht in die Augen geschaut. Weil sie nichts damit anfangen konnten, haben sie es als Arroganz und Sturheit abgetan und haben gerichtet. Bei allen anderen Religionen kann man erklären und nachlesen, da kann man eintreten, das kann man ab einem bestimmten Alter werden. Religion wird vererbt, oder man ist etwas zwangsweise. Mein Vater war katholisch, meine Mutter war katholisch und ich war es automatisch auch. Aber gerade das ist nicht der Fall bei Rasta, auch wenn es so praktiziert wird. So sitze ich da vor fünf irdischen Richtern und ich weiß, daß sie in 5 oder 10 Jahren in Pension gehen, und erwarte von ihnen, daß ich Recht bekomme. Im Grunde genommen geht es nicht um meine Religion oder um meinen Glauben, es geht um den Hanf. Es geht darum, daß sie mir nicht erlauben dürfen, daß ich ganz legal Hanf rauche, obwohl ich ein Rasta bin, weil dann ja jeder sagen könnte, er sei ein Rasta.

Ich frage mich wirklich, ob es nicht was Wichtigeres gibt als ein paar Brösel Gras. Ich könnte auch auf den Hanf verzichten und wäre trotzdem noch ein Rasta. Ich bin als der, der ich heute bin, auf die Welt gekommen und deswegen steht es mir zu, Hanf zu rauchen und anzubauen, so wie es den Christen oder Katholiken zusteht, daß sie da gar kein Blut saufen sondern Wein.

Nein, es hilft nichts, ich muß ihn ihnen erklären, meinen Glauben, und fünfundzwanzig Journalisten warten darauf, daß es einen Spaß gibt. Und ich habe versagt an dem Tag und fünfundzwanzig Journalisten hatten ihren Spaß.

Ich habe erst durch Zufall mit sechsundzwanzig das Grasrauchen angefangen und damals habe ich wirklich Gras geraucht. Mehr war das nicht. Aber etwas Komisches passierte mit mir. Ich rauchte meinen ersten Joint und wartete auf die Wirkung. Und ich habe gewartet und gewartet und gewartet, und was soll ich sagen, ich habe das Warten gelernt. Ja, ich habe durch das Grasrauchen das Warten gelernt. Es pressierte nichts mehr und doch wurde alles zu seiner Zeit fertig.

Das ist Rasta.

Ich habe plötzlich warten können. Das darf man jetzt nicht verwechseln mit Kiffen. Ein Kiffer wartet auch, aber der macht nichts fertig, der fängt alles nur an. Ich habe plötzlich warten können. Aber manchmal kannst du es einfach nicht mehr abwarten und dann hast du einen Fehlstart und mußt zurückgehen, sonst kommst du nicht ans Ziel. Du darfst dann nicht weiter laufen, sonst verschwendest du deine ganze Kraft und hast keine mehr für einen zweiten Versuch. Und das in Berlin, das war ein Fehlstart und ich bin zurück in die Startlöcher und nicht weiter gelaufen und habe gewartet. Ich ließ mich auf ihr Spiel ein und spielte nach ihren Regeln mit. Ich gab Antworten auf ihre Fragen und erklärte meine Religion, aber sie redeten von öffentlichem Interesse und von ihren Gesetzen, und ich habe das Thema verfehlt.

Hinsetzen, das war eine 6.

Ich habe sie um Hilfe angebettelt, aber es war umsonst. Ich hätte erkennen müssen, daß sie Feiglinge sind, die nur ihre Zeit absitzen wie es ein Pförtner auch tut. Aber einem Pförtner muß ich wenigstens nichts erklären. Ich hätte erkennen müssen, daß sie Angst um ihre berufliche Laufbahn haben und bestechlich und korrupt sind.

Wenn einer Angst hat, daß er in fünfzehn Jahren zweihundert Mark weniger Pension bekommt, muß er korrupt und bestechlich sein. Wie konnte ich glauben, daß in einem Land, das von Feiglingen regiert wird, die Richter, die von diesen Feiglingen bezahlt werden, mutiger sind. Wie kann ich mich nur so täuschen, wie konnte ich nur vergessen, daß Krieg ist auf dieser Welt. Aber ich habe das Warten gelernt und so warte ich auf den nächsten Start und weiß, daß ich gewinne. Ich weiß deswegen so genau, daß ich gewinne, weil ich mehr Glück habe als sie. Weil ich das Glück habe, daß ich alles das schon bin, was sie sich auch mit fünfhundert Mark mehr Pension nicht erkaufen können.

Rasta.

Ich weiß, daß ich es ohne sie schaffe, aber sie würde es nicht geben ohne mich. Manchmal stelle ich mir vor, in ganz Deutschland würden einen einzigen Monat keine Straftaten begangen. Einen Monat nicht falsch parken, nicht zu schnell fahren, keine Verkehrsdelikte und Ladendiebstähle, keine Einbrüche und Gewalttaten, keine Raubüberfälle, keine Schlägereien und Mißhandlungen, nichts, keine abgebrochenen Antennen und keine Nötigung, nichts, nichts, nichts, es passiert einfach nichts einen Monat lang. Oh Mann, wahrscheinlich würden sie ein Gesetz rausbringen, in dem steht, daß jeder Deutsche wenigstens einmal in der Woche eine Straftat nachweisen muß, sonst muß er tausend Mark Strafe zahlen.

Wie soll ich solchen Leuten meinen Glauben erklären, wo sie doch an gar nichts glauben. Mich würde interessieren, ob sie in der heutigen Zeit noch einmal einer Frau glauben würden, daß sie ein Kind vom heiligen Geist hat. Wahrscheinlich sind Tausende von Kindern in Frauen-Irrenanstalten zur Welt gekommen, die alle seine Söhne waren. Wie soll ich solchen Menschen meinen Glauben erklären. Sie sitzen da und ich weiß genau, daß sie auf meinen Pullover und meine Schuhe schauen und nicht in meine Augen. Sie sehen meine Haare und meinen Bart und ich kenne ihr Urteil. Ich bin sicher, sie hätten anders geurteilt, wenn sie den Mut gehabt hätten, sich ihre Augen zu verbinden und nur zu hören, was ich sage. Ich bin sicher, sie hätten anders geurteilt, wenn sie sich die Mühe gemacht hätten, bei mir vorbeizuschauen und zu sehen, wie ich wohne. Ich bin sicher, sie hätten anders geurteilt, wenn sie einmal mit uns zu Abend gegessen hätten. Ich bin sicher, sie hätten anders geurteilt, wenn sie meinen Dialekt als meine Sprache anerkannt hätten.

Aber überall war Krieg und da schaute man nicht, wie einer lebt, isst oder spricht, nein, da hat man geschaut, was einer anhat, und hat geschossen oder nicht. Und sie haben auf mich geschossen. Aber es ist mir nichts passiert. Der Hanf ist trotzdem weiter gewachsen und ich warte.

Es war schon lustig, wie sie mich fragten, ob es denn in meinem Glauben auch ein Paradies gäbe. Ich verstand die Wichtigkeit dieser Frage nicht und dachte, sie machen einen Scherz. Was sollst du jetzt darauf sagen?

Freilich, sagte ich, aber ich kann es eben nicht beweisen, weil ich keinen kenne, der schon einmal dort war. Ja wie denn dieses Paradies aussieht, wollten sie wissen. Das ist eine ganz große Gärtnerei, sagte ich, und da bauen sie nur Hanf an, und wenn wir sterben, dann werden wir alle Gärtner und müssen Gras anbauen.

Immer?

Jah oiwe I

Ja, das gefiel ihnen, den fünfundzwanzig Deppen und sie kamen auf ihre Kosten. Und ich habe ihr Spiel mitgespielt. Nein, an dem Tag hatte ich einen Fehlstart und konnte nicht erklären, daß Rasta einfach Respekt ist.

Respekt vor Gott und den Verträgen, die man mit ihm gemacht hat.

Rasta, das bedeutet nichts nehmen, was dir nicht zusteht, und aufeinander aufpassen.

Rasta, das ist 30 Jahre zurückriechen können und nichts vergessen.

Rasta, das ist immer an einen Frieden glauben und Ziele haben.

Wer keine Ziele hat, glaubt an nichts.

Rasta, das ist sauber sein an dem Tag, und weil kein Rasta den Tag kennt, ist er immer sauber.

Rasta ist das Wissen um deine Herkunft. Rasta war das erste auf dieser Welt und Rasta wird das letzte auf dieser Welt sein, was in einer gemeinsamen Sprache gesprochen wird.

Jah Rastafar I
Jah oiwei I

Wir feiern jedes Jahr nur ein wirklich großes Fest und dazu laden wir immer auch die von draußen ein. Wir feiern schon viel und gerne, aber dieses Fest ist das Größte und für uns auch das Wichtigste. Wir würden jedes andere Fest verlegen oder auch darauf verzichten, aber nicht auf dieses. Wir feiern Weihnachten auch nicht am 24.12., sondern am 11. Oktober, weil da die Geburt des letzten Kindes war, und wir freuten uns, daß es diesmal ein Mädchen war.

Ja, dieses Fest ist das Wichtigste: Wir feiern unseren „Rückkauf-Marzoll Tag“ am 2. Februar und laden immer alle dazu ein. Alle Haustüren sind auf und wir kochen im Freien. Oft ist es saukalt, aber wir tanzen und singen und die schwarzen Sklaven ziehen ihre weißen Eroberer an Eisenketten durch das Dorf und die Blechmusik spielt dazu. Zum Schluß aber tanzen alle miteinander, die Sklaven und die Eroberer, die von draußen und die von herinnen, die Alten und die Jungen und keiner friert. Aber an einem dieser 2. Februar haben wir noch etwas beschlossen und das feiern wir immer in Gedanken mit. Wir haben alle Uhren angehalten, und die Zeit, die auf dem Kirchturm angezeigt wird, ist vier Minuten nach halb neun. Da hat das letzte Polizeiauto an der Schwarzbacher Grenze umgedreht und ist über die Autobahn nach Reichenhall gefahren und nicht durch unser Land. Alle Uhren bei uns im Dorf, viele gibt es eh nicht mehr, zeigen dieselbe Zeit an.

Immer?

Jah oiwe I

Wir haben uns abgewöhnt, unsere Tage zu zerstückeln und haben sie eingeteilt in Vormittag, Nachmittag, Abend und Nacht. Für uns fing der Tag an, wenn die Sonne aufging, und er war vorbei, wenn sie unterging. Das heißt nicht, daß wir einfach alles nur dann machten, wenn wir Lust hatten und es nicht machten, wenn es uns nicht gefreut hat, nein, das heißt das nicht.

Du kannst Gras oder Hopfen oder Äpfel nicht dann ernten, wenn du Lust hast. Wir hielten uns an ihre Termine und sie gaben uns Urlaub oder ließen uns arbeiten. Die Welt, dieses Stückchen Land, auf dem wir lebten, war unsere Uhr, und der Frühaufsteher hat die Kühe gemolken und der Spätaufsteher die Laternen angezündet. Und jeder hat zu seiner Zeit etwas getan und wir wurden immer termingerecht fertig. Im Urlaub, da warteten wir. Jedes Lebewesen auf dieser Welt hat Termine, seien es die Gnus in Afrika oder die Schafe am Futterheuberg, alles hat seinen Termin und ich habe nie verstanden, wie sie einen Baum umschneiden konnten im Herbst, wo er doch im Frühjahr einen Termin hat. Da muss er Blätter bekommen und die Luft sauber halten. Ja, alles hat Termine und wir hielten uns an unsere. Es dauerte Jahre bis wir uns dieses Wie-spät-wird's-denn-sein abgewöhnten und anfingen zu sagen, ich komme, wenn der Regen aufhört, oder der Tisch ist im Herbst fertig. Wir brauchten das Zeitgefühl für Stunden und Minuten nicht mehr, es reichte, daß wir sagten, nachher oder gleich. Es hat schon noch morgen oder übermorgen gegeben, das hat ja nicht mit dem Anhalten der Uhren aufgehört, aber wir lebten nicht mehr nach Minuten und Stunden. Wie oft habe ich mich geärgert, wenn du für 3 Uhr etwas ausgemacht hast und um 3 Uhr 20 passierte es erst. Ich habe Unpünktlichkeit gehaßt und hasse sie heute noch. Ich bin stocksauer, wenn einer zu mir sagt, daß er am Nachmittag kommt und er kommt erst, wenn es schon Nacht ist (wobei wir die Jahreszeit berücksichtigen). Nachmittag ist nach Mittag und fängt nach unserer Zeitrechnung auch nach dem Mittag an, und auf die Nacht, da ist es noch nicht ganz dunkel. In der Nacht schlafe ich, und auf die Nacht, da bin ich noch wach. Wenn einer zu mir sagt, daß er am Nachmittag kommt, heißt das nicht, daß ich da jetzt sitze und warte bis er kommt, sondern heißt, daß ich weiß, daß er kommt, und wenn ich gerade nicht da bin, wenn er kommt, dann komme ich nachher gleich, und dieses nachher gleich sind keine eineinhalb Tage, sondern es bedeutet, daß er es abwarten kann. Und so habe ich mich bis jetzt noch mit jedem getroffen, mit dem ich etwas ausgemacht habe. Mit dem Abstellen der Uhren haben wir wieder angefangen, Ausdrücke und unsere Sprache oder bestimmte Worte zu betonen, wir haben wieder Dialekt gesprochen und uns wieder verstanden. Gleich und gleich ist nicht gleich, und jetzt gleich oder nachher gleich, das darfst du nicht verwechseln, sonst bist du oft schlecht drauf, und ich kann mich gar nicht mehr daran erinnern, wann ich das letzte Mal schlecht drauf war. Wir haben unsere Termine eingehalten und keiner war uns mehr böse.

Sie kamen in unser Dorf und wir haben uns auf sie gefreut und mit ihnen gelacht und geschwiegen, sie saßen in unseren Häusern und keiner sagte, jetzt wird es aber dann Zeit, sie spielten mit unseren Kindern und tanzten mit unseren Frauen, sie aßen und tranken mit uns und wenn sie froren, dann machten wir ihnen die Türen auf und ließen sie herein. Sie haben gesehen, daß wir auf nichts verzichten mußten und daß wir mehr haben als alles Geld auf dieser Welt wert ist. Wir mußten nicht mehr auf die Uhr sehen und dadurch vergaßen wir unser Alter. Es gab nur noch drüben und hier, draußen und drinnen. Wir waren endlich drinnen. Wir gingen von der Kälte draußen in die Wärme herein, aber wir sperrten die Türen nicht ab hinter uns. Wir waren endlich daheim. Ja, wir waren endlich daheim, aber die Türen mußten wir nicht mehr zusperren.

Unser Leben ist im Universum ein Tag, und an diesem Tag gibt es auch ein In-der-Früh und ein Auf-die-Nacht. Da gibt es einen Vormittag und einen Nachmittag, einen Mittag und eine Nacht, und wenn wir irgendwann einmal nicht mehr dabeisitzen und mitreden können, dann ist es Nacht geworden. In der Früh kamen wir auf die Welt und am Nachmittag waren wir schon grauhaarig. An dem Tag, den wir gelebt haben, hat die Sonne gescheint und es hat Wolken gegeben, es war nass und es war kalt an dem Tag, windig, stürmisch, es ist hell gewesen und am Ende finster geworden. Dunkel war es nie an diesem Tag, denn wir haben nie vergessen, daß die Sonne immer scheint, auch wenn wir sie gerade nicht sehen.

Immer?

Jah oiwe I

Morgen kommt die nächste Generation und übermorgen die nach ihr.

Sie werden vergehen und kommen.

Aber die Sonne scheint immer.

Wir schreiben das Jahr 2048 und ich bin jetzt 93 und die jüngste in unserem Dorf ist 33.Ich habe den ganzen Sommer meine Kraft dafür aufgewendet diesen Herbst noch zu erleben. Ich wollte einfach nicht im Sommer sterben. Ich habe es schon im Frühjahr gemerkt und den ganzen Sommer Abschied genommen. Komischerweise bin ich nicht traurig. Ich habe mir immer gedacht, ich würde schon traurig sein, wenn es soweit ist, aber ich empfand keine Traurigkeit. Mein Termin, mein ganz eigener Termin ist gekommen und ich bin zur rechten Zeit fertig geworden. Ich wollte immer im Herbst oder Winter sterben und jetzt hat es auf den Bergen geschneit, für mich, damit ich weiß, es ist Herbst. Ich war jeden Tag bei meinem Baum und freue mich jetzt richtig auf ihn. Ich habe den Tag mit meinen Kindern und meiner Frau verbracht und jetzt sitzen wir alle auf der Terrasse und warten auf meinen Sonnenuntergang. Ich schau nicht zurück auf mein vergangenes Leben, ich schau voraus in mein neues. Ich habe in diesem Leben viel mehr Glück gehabt als ich brauchte, für die kurze Zeit, die es gedauert hat, aber vielleicht war mir gerade deshalb keiner neidisch. Ich habe mir nie etwas genommen und alles bekommen. Ich weiß, daß sie traurig sind, weil ich morgen nicht mehr an ihrem Tisch sitzen werde, ich sehe ihre Tränen herunterlaufen und was könnte schöner sein als das Bewußtsein, daß du geliebt worden bist. Wir sitzen da und warten auf meinen Sonnenuntergang und müssen nichts mehr reden, in keiner Sprache, wir sehen uns nur an und verstehen uns und wir erkennen die Regeln des Universums an als höchste Priorität.

Es wird kalt werden in den nächsten Tagen und vielleicht schneit es sogar, es ist eine gute Zeit zum Sterben. Wir sehen uns in die Augen und sagen uns in Gedanken noch einmal alles, was wir uns im Leben gesagt haben, und wir müssen uns für nichts entschuldigen oder schämen. Ich kann fertig machen, und das Schönste ist, ich kann selbst entscheiden, daß es heute ist. Ich würde wahrscheinlich noch zwei oder drei Wochen länger hier sein können und es ist nicht so, daß ich todkrank wäre, nein, ich fühle mich sogar sehr wohl, aber ich weiß, es ist mein Sonnenuntergang heute und ich habe mir vorgenommen, nicht mit Ihm zu handeln. Als die Sonne weg war, stand ich auf als wäre ich auf Drogen, und meine Familie blieb sitzen. Meine Frauen und meine Kinder, das ganze Dorf. Ich stand auf als würde ich gleich wieder kommen, mit dem einzigen Unterschied, daß ich mich beim Weggehen nicht noch einmal umdrehte, weil ich wußte, daß ich sie mit diesen Augen nicht mehr sehen werde.

Ich nahm mein Bündel und ging hinüber nach Marzoll zu meinem Ahorn – und die Blätter waren rot, gelb und grün. Ich stieg hinauf zu meinem Bett, das mir meine Söhne gebaut haben, und kroch in den Fellsack, den mir meine Frauen genäht haben, und legte mich zum Schlafen hin und schlief ein mit dem Gedanken, daß sie immer scheinen wird.

Auch wenn ich sie nicht mehr sehe.

Immer.

Jah Rastafar I und I

Oiwe I

Ihre Adern waren leer und ihr Herz verkrampfte sich schmerzhaft, als es nichts mehr durchzupumpen gab. Der letzte Schlag war ein Zucken und dann entspannten sich alle Muskeln. Ihr Gehirn lebte noch, als sie ihren toten Körper mit der Kettensäge vom Schwanz bis zum Schädel am Rückgrat entlang durchschnitten, und versuchte, sich an den Sonnenuntergang von gestern zu erinnern. An irgendeinen Sonnenuntergang. Aber es waren keine Erinnerungen mehr da, die spritzten sie gerade mit dem Schlauch vom Hänger. Am nächsten Tag zogen sie alle ihre schönen Kleider an und gingen in die Kirche und haben gesungen und gebetet, und am Tag darauf war es wieder Montag.

Am 19. Dezember 2108 stand in der Zeitung, dass der letzte König dieser Welt gestorben ist.

Er hat sein Reich, in dem alles sauber und aufgeräumt war, verlassen und sich auf den Heimweg gemacht. Er war der einzige, der sich auf den Weg nach Süden machte und an einem schönen klaren Tag erreichte er das Meer und schwamm hinaus zu seinen Brüdern und Schwestern. Aber er traf keinen von ihnen.

Es gab keinen Wal mehr.

Eines Tages standen wir alle vor ihm und er war gerührt und die Tränen liefen ihm herunter und die Tropfen baumelten an seinem Kinn.

Er weinte, weil er sich schämte und erkannte, daß wir alle seine Kinder waren.

So wurden wir durch unser Gehen, was wir durch unser Bleiben nie hätten werden können.

Väter und Mütter.

Söhne und Töchter.

Jah Rastafar I

Gott
Afrika
Wir waren die ersten.

2208, zum hundertsten Todestag des letzten Königs, wurde die Gemeinde Marzoll vom amtierenden Bürgermeister von Bad Reichenhall zur Gedenkstätte ernannt und für alle Besucher gesperrt. Die Natur sollte sich, was ihr gehörte, wieder zurückholen können